涙そうそう

JN266009

配達承ります

第二十六回那覇北高等学校
入学式会場

涙そうそう

吉田紀子　吉田雄生

幻冬舎文庫

涙そうそう

沖縄の海には神が住んでいる。

そう教えてくれたのはおばぁだ。

悲しいことや嫌なことがあると、この浜辺に来て海を眺める。

するとスウッと心が洗われていつもの陽気な自分に戻ることができる。

何度この浜辺を妹と歩いただろう。

眠れない、と妹が夜泣き出すと、ここに連れて来て波の音を聞いた。

兄妹の幼い影が二つ、月明かりに照らされる。

「兄ィニィ、あのね、あたしね」

妹が、話しかける。

「んー?」

「大きくなったら兄ィニィのおヨメさんになる」

ドキリとして立ち止まり、妹を見る。

「ダメ?」

「ダメさ」

　優しく答える。

「なんで？　兄ィニィ、あたしのことキライなの？」

「バカか、知らんのか？」

「なに？」

　妹が無邪気な顔を向ける。

「兄妹は結婚できないんだぞ」

01

一九八八年、クリスマスイブ。

八歳になったばかりの洋太郎は母・光江に手を引かれ、ゲート通りを歩いていた。基地の街、コザのゲート通りは、広大な面積を誇る嘉手納基地の玄関である。様々な国籍の人が行き交い、建ち並ぶ店の看板にも様々な横文字が並んでいた。

サンタクロースに扮した酔っ払いの黒人が、光江と洋太郎に近付いてきて「メリー・クリスマス!」と声を掛けると、キャンディを懐から差し出した。

洋太郎は上目遣いでサンタクロースの顔を見つめ、差し出された三本の棒付きキャンディの中からピンクの包み紙のものを選んだ。

サンタクロースは陽気に英語でなにやらまくしたてている。光江はにこやかに、しかし適当に相槌を打ち、その場を立ち去った。

光江の足取りは普段一緒に食材を買い出しに行く際の、緩やかなものではない。バーや飲食店に飾られた赤や緑のイルミネーションがきらめく喧騒の中を、洋太郎を引っ張るように足早に通り過ぎていく。

「お母さん、ちょっとイタイよ」

と言おうとして、ふと見上げた光江の横顔に洋太郎はドキンとした。いつもの母とは違う、と洋太郎は本能で感じた。それは「母」ではなく、「女」の顔だったのかもしれない。そして、その手のぬくもりは、いつもより少し冷たい気がした。


大通りから横道に入り込むと、街は一層にぎやかになる。多くのカフェバーやパブ、ライブハウスが建ち並び、それぞれ音楽と嬌声に溢れている。

光江と洋太郎はその中のひとつのライブハウスの狭く急な階段を上っていった。

——JAZZ CLUB　HIDEAWAY
錆びついた重い扉を開ける。

光江はバッグの中から急ぐようにチケットを二枚取り出し、受付を済ませた。カウンターでコーラを買ってもらった洋太郎は、もうひとつ上の階にある、狭く乱雑な小部屋に導かれた。

「ヨウタ、お母さん下で演奏聴いてくるから、ここでおりこうにしててね。終わったらすぐ迎えに来るから」

「うん」

「じゃあね、あんまり色んなもん触ったらダメだからね」

「わかった」

どこに連れてってくれるんだろう、と家を出るときに募らせた期待感は、小汚い部屋にひとりとり残された瞬間、一気にしぼんでしまった。

扉の向こうから聴こえるクリスマスソングの演奏、大きな鏡、化粧道具、年季の入ったロッカー、山のように吸殻の積もった灰皿。ベースとバスドラムの重低音が、澱《よど》んだ空気を細かく揺らす。

洋太郎は穴のあいたビニールソファに腰掛けると黒人のサンタクロースからもらったキャンディを咥《くわ》えた。そのピンクの包み紙の皺《しわ》を何度も何度も伸ばしている。思ったように綺麗には皺は伸びない。コーラの氷はすでに溶け、上部に薄い透明な層を作っている。

光江は三十分経《た》っても戻ってこない。

時間をもてあました洋太郎は一向に小さくならないピーチ味のキャンディを勢いよ

く噛み砕き、包み紙をかざして薄暗い電気の明かりに透かしてみたり、壁一面にマジックで書かれた無数のサインやらくがきをぼんやり眺めたりしていた。

煙草とアルコールと香水の混ざった複雑な匂い。

八歳だった洋太郎にはそこがどのような場所なのか理解し難かった。しかし部屋には間違いなく子供の存在を拒絶する何かが漂っていた。大人、しかも〝不良の大人〟の世界だ。

そんな中、ひときわ鮮烈な色彩を放ってきらめいていたのが、ハンガーラックに吊るされた真っ赤な舞台衣装だった。あしらわれたスパンコールがかすかな光に反射している。その衣装が洋太郎の前でゆらゆらと揺れた。

と、その背後から突然一人の女の子が現れた。

小さくて綺麗で、最初は人形なんじゃないかと思った。

大きな目とピンク色の頰《ほお》、クルクルときれいにまかれた髪。白いワンピースに小さな赤い靴。

まばたきもせず、キラキラした光の中からじっと洋太郎のことを見ている。

今までそこに隠れていたのだろうか、あるいは天使が突然舞い降りたのだろうか。

洋太郎もまた女の子を見つめた。

そのままどれくらい、見つめ合っていただろう。

扉の向こうでは、バンドの演奏が止《や》み、拍手と歓声があがった。

ふと、洋太郎は、急にその女の子に声をかけてみたくなった。

しかし、ソファから立ち上がろうとしたその瞬間、二人の間で均衡を保っていたバランスが突如崩れた。

女の子はおもむろに走り出した。

「待って」

洋太郎は、すぐに後を追いかけた。

狭く急な階段をたどたどしく駆け降りていく彼女の足音。

と同時に、ものすごい音が部屋を揺らした。

あわてて階下を見遣ると、女の子はうつ伏せになって倒れていた。

次の瞬間、火がついたような泣き声が響いた。

洋太郎の胃のあたりが小さく疼《うず》いた。

「僕のせいだ……」

気付くと洋太郎は、夜間救急病院の処置室の赤いランプの下にいた。華やかなクリスマスイブのはずなのに、またしても薄暗い廊下のベンチに腰掛けている。

光江は落ち着かない様子の洋太郎に、

「大丈夫だから。心配しないで」

と声をかけた。

少しの沈黙の後、ねえヨウタ、と母は唐突に話を切り出した。

「今日からあの子は、ヨウタの妹になるんだよ。だから大事にしなきゃだめよ」

ポカンとする息子に向かい、光江は幸福そうな笑顔で被《かぶ》せる。

「お母さん、結婚したの」

意味がわからない。ただ、母の笑顔を見て、なんとなく新しい、楽しい生活が始まるんだということだけはぼんやりと理解できた。

洋太郎が呆然《ぼうぜん》としていると、薄暗い廊下の奥から、背の高い、見知らぬ男の影が現れた。黒い皮のパンツが軋《きし》む音、いくつかのアクセサリーが鳴らす甲高《かんだか》い金属音、硬いブーツの底が廊下を蹴る足音がこだまして響き渡る。

洋太郎はうつむき、警戒して耳を澄ませている。足音は目の前で止み、ブーツが視界に入り込んできた。爪先がこちら側を向いた。

視線を感じる。見られている。

洋太郎が顔を伏せたまま凍りついていると、ブーツ男は光江に向かって話しかけた。

「デコのこのへんを一寸《ちょっと》切っただけだから、大丈夫」

「本当？　よかった」

「今縫ってもらってる。なんてこたぁない、ちょちょいのちょいさ」

低く太い声だ。

「よォ」

ブーツ男が洋太郎に声をかけた。

ビクンとして恐る恐る顔を上げると、そこには屈託なく笑う、金髪無精髭《ひげ》、巨大な男の姿があった。

「うり、メリー・クリスマス！」

と、男は明るく言い放つと、包装されてもいない、箱にさえ入っていないむき出しの模型電車をおもむろに洋太郎に手渡した。そうして、頭をポン、と一度だけ撫《な》で、無言で処置室の中へ消えていった。

洋太郎は赤い模型電車を見つめていた。

線路も電車も存在しない沖縄に住む子供たちにとって、それはある意味架空の乗り物だ。

特別な憧れがあったわけではなかったが、そのプレゼントは単純に嬉しいものだった。

おでこをちょちょいのちょいと縫う……。想像しただけでも恐ろしかったが、男の笑顔が妙に優しかったのと、不意にもらった模型電車、頭に触れた大きな手とその温《ぬく》もりによって、洋太郎はほんの一瞬だけ心を解いていた。

「ヨウタ。お母さんさ、あの人と結婚したんだよ」

母の言葉と表情があまりにも幸せに満ちていて、なんの後ろめたさもなく堂々としていたからだろうか、今度はスッと入ってきて、すんなり納得してしまった。

そうか。お母さんは結婚して、今日からあの子は妹になるのか。

ほどなくして処置室のランプが消えると、男に手を引かれて〝妹〟が出てきた。頭に包帯をぐるぐると巻かれ、いかにも不機嫌そうにうつむいている。その姿はついさっき狭く薄暗い小部屋で見た、天使のような人形ではなく、どこから見ても普通の人間の女の子だった。

傷口から流れる血を目《ま》の当たりにして泣き声を聞いたとき、洋太郎は自分のせいで大変なことになってしまった、と大きな責任を感じていた。しかしその姿を見て胸をなでおろした。痛々しいが、意識があって、しかも自分の足で歩いている。

そうして思い出したように、この子が妹になるんだ、という感情が芽生える。

「こいつ、カオル。よろしくな」

カオル。カオルか。昭嘉と光江の口から発されたその名前は宙を漂い、昭嘉の脚にしがみついたまま下を向いている、ぐるぐる巻きの女の子の体に貼り付く。洋太郎の中でカオルをカオルたらしめた瞬間。初めての認識。

カオル。カオル。カオル。

光江が横に並んで言った。

「カオルちゃん、兄ィニィだよ」

カオルは昭嘉の後ろから、こっそり洋太郎を見つめていた。

この子が今日から妹になるんだ。頭の中で反芻《はんすう》しながら不思議な気持ちに包まれていたが、それは心地良いものだった。散々だったクリスマスイブ。だが洋太郎はなんとなく嬉しくなり、手の中の赤い模型電車に目をやった。

02

昭嘉と結婚した洋太郎の母、新垣光江はその時二十八歳だった。

沖縄の離島に生まれた彼女は、中学を卒業し、高校進学のためにはじめて沖縄本島の地を踏んだ。

卒業後、そのまま宜野湾市の家具店に就職。二年後、二十歳の若さで職場の同僚と情熱的な恋に落ち、結婚した。すぐに洋太郎を授かるが、ほどなく結婚生活は破綻、相手は光江と幼い洋太郎を残して姿を消した。離婚後、女手ひとつで洋太郎を育ててきた。洋太郎は本当の父の顔を知らない。

そうして、光江は、いま宜野湾で「ヘヴンズ・ドア」というタコライス屋の店主を任されている。

〝タコライス〟というのは、蛸飯のことではない。メキシコ料理の〝タコス〟と〝ライス〟を折衷にした沖縄料理である。沖縄が米軍の統治下にあった頃、その中に多くいたメキシコ系軍人の要望を受け、基地周辺にタコスを出すレストランが次々とできた。

タコスは挽肉《ひきにく》、レタス、トマト、チーズなどを、トルティーヤというトウモロコシを原料とした皮で包み、サルサというスパイシーソースをかけて食べるというスタイルだが、タコライスはトルティーヤで包む代わりに、温かい白飯にのせて混ぜながら食べる。タコスよりもボリュームがあり、作る側の手間も、タコスほどにはかからない。酸味、辛味、甘味が絶妙に絡み合った風味が人気を博し、瞬く間に沖縄全土へと広がっていった。

「ヘヴンズ・ドア」は元々光江がパートで働いていた店で、気立てがよく働き者の彼女は店主にたいへんかわいがられていた。光江目当てで店に通う常連も後を絶たない。光江は誰の目から見ても明るく魅力的な女性だった。

店主が那覇に二号店を出店して移り住んでいったのを機に、宜野湾のこの店舗は完全に光江に任される格好となった。

流木で作ったカウンター、貝殻を使って作った風鈴、珊瑚《さんご》と貝殻のすだれ。海で拾ってきたもので手作りした小物や美しい花々が店内外を彩った。

洋太郎は小さな頃から母が料理を作る姿を見てきた。

そしてその姿が大好きだった。

水道をひねる音、材料を刻む音、油がはねる音、鍋から立ち上る湯気、オリジナルの鼻歌、調味料を感覚で量っているときの横顔、その立ち姿が。

決して裕福といえる暮らしではなかったが、父親のいない寂しさを十分補っても余るほどの愛情を洋太郎は母から受けて育っていた。


金城昭嘉との出会いは、三カ月前の秋の夜のことである。昭嘉がライブ帰りに、「ヘヴンズ・ドア」に食事をしに立ち寄ったことがきっかけである。

店に入ってきた昭嘉を見て、光江はハッとした。人種のるつぼであるここ沖縄にあってすら、ひときわ異彩を放っていたからだ。

まず日本人離れした体格。身長は百九十センチを越えているだろう。骨太で一見格闘家のようだ。一緒に来店した数人のアメリカ人グループの中でも一番デカく、吊り上がったキャッツアイサングラスをかけている。金髪にあご髭、威圧的な存在感があった。

そして図体《ずうたい》だけでなく声もデカい。昭嘉の爆発的な笑い声は店内を揺るがし、店にいた全ての客から注目の的となっていた。しかし全くもって嫌味のない笑い声なので、多少ボリュームが大きかろうが他人を不快な気分にさせたりはせず、つられて笑い出す客もいたほどだった。

メニューにはない、〝超〟大盛りのタコライスとオリオンビールの大ジョッキをテーブルに運ぶ光江に対し、昭嘉はサングラスを外し、「ありがとう」と言った。その目が意外にも澄んでいてとても美しかったのにちょっと驚いた。微笑《ほほえ》むと優しい笑い皺を形成した。よく笑う人の皺のでき方だ。

彼女の視線はいつの間にか昭嘉だけを追っていた。タコライスを豪快に頬張り、一気にビールを胃に流し込む。仲間たちと談笑していたかと思えば、音楽の話となると熱く鋭い眼差しになる。ふとしたときに見せる孤独の顔。表情豊かな男だ。

昭嘉たちの一行は閉店時間を過ぎても居座り続けたが、それを迷惑だなんて、光江はこれっぽっちも思っていなかった。できればずっといて欲しい、光江の本能が昭嘉に惹《ひ》かれていく。

「なあ、一人でこの店切り盛りしてんの？」

会計を済ませている途中、昭嘉が不意に光江に声をかけた。声をかけられたことに光江は少し戸惑いながら、声を出さずに頷《うなず》いた。

「へぇ、そりゃあ大変だな。でも大丈夫よ、こんなうめぇタコライス作れるんだから。ごちそうさん、また来るさ」

と言って店を出て行こうとしたその時、そうだ、と振り返って懐からチケットを取り出した。

「俺よ、普段はここでライブやっててさ。うまい飯食わせてもらったお礼に。演奏聴きに来いな」

と言うと光江を振り返りもせずに出て行った。

チケットの会場名の欄には「JAZZ CLUB HIDEAWAY in KOZA」と書かれてある。

光江が後を追いかけたときにはもう車に乗り込んでいた。光江はチケットを握り締めていた。店もある。洋太郎もいる。行くことのないはずのライブ。念のため、日付を確認すると定休日である火曜日の夜の時間がクレジットされていた。心の奥底がピクンと疼いた。


光江は元々ジャズが好きだった。店のＢＧＭも自分で編集していた。光江が昭嘉のライブに行くことを決断するのにそう時間はかからなかった。なにより、あの男が楽器を奏でる姿を見てみたい、という好奇心が大きく手伝った。どんな楽器を演奏するのだろう、どんな音色を出すのだろう。

店が休みの日には、光江はなるべく洋太郎と過ごすことにしていた。たまに遊びに出かける際には、自分が楽しむための予算と見合う額のおみやげを洋太郎に買って帰るのが常であった。新垣家は裕福というには程遠い経済状態であったが、光江は自分の中での約束事としてそう決めていたのだ。それが出来ない場合は自分も我慢する。そうやって洋太郎は新しい服や靴、おもちゃなどを得ていた。

洋太郎は賢い子供だった。子供ながらに母の壮絶な苦労や寂しさを察していた。それが愛《いと》おしくて光江はことある毎に洋太郎の頭を撫で、抱きしめていた。

「世の中で一番の宝物はヨウタなんだからね」

それがふたりで愛情を確かめ合う儀式のようなものであった。

ライブの夜。

この日のプレゼントを光江は奮発した。新しく発売されたばかりのファミコンソフト、「スーパーマリオブラザーズ3」を洋太郎に手渡した。小躍りする洋太郎。その頬に軽くキスをして、昭嘉のいるコザのライブハウスに向かった。

「HIDEAWAY」は煙草の煙、自由と倦怠《けんたい》感が漂い、四十人ほどの客が酒に興じていた。昭嘉のファンだろうか若い女性も何人かいる。光江は入り口のすぐ脇、後方のカウンターに佇《たたず》み、そこからまだ誰もいないステージを眺めていた。

しばらくするとミュージシャンたちがステージに登場し、拍手が鳴った。昭嘉はサックスを抱えていた。彼は立ち止まるとやおら客席を見渡し、会場後方の光江を見つけると、満面の笑みで光江に向かって指を差した。常連である昭嘉ファンの女性数人が振り返り、怪訝《けげん》そうな顔つきをしている。しかし光江はそんな視線を浴びても全く動じない。逆に笑って、軽く手を振り返した。

バンドが演奏の態勢に入る。会場全体が一気に静まり返る。ピンと張り詰めた空気。アンプのノイズだけが聴こえる。そしてドラマーのスティックカウントに続いて放たれた音は、やさしくかつ激しく会場を包み込む。その音の粒ひとつひとつに、バンドの存在感そのものが抜け落ちることなく凝縮されている。昭嘉はステージ映えする大きな体をスウィングさせ、独特のダンスを舞いながら、力強くしなやかにサックスを奏でる。

こんなジャズもあるのかと、光江は知らず知らずに体でリズムを刻んでいた。そうして、その心地良い音の波に身を委《ゆだ》ねるように、光江は恋に落ちていった。

光江は完全に恋をしていたが、昭嘉の方はどうだったのか。

昭嘉は、とにかく女性にモテた。そして誰に対しても等しく優しかった。

その頃昭嘉は、カオルの生みの母親に三歳のカオルを残し出て行かれ、途方にくれていたところだった。昭嘉にとって光江は、彼の生活を救ってくれるただそれだけの存在だったのかもしれない。

ライブがあった夜から三カ月も経たないうちに昭嘉は光江にプロポーズし、クリスマスイブに籍を入れた。光江と結婚することで、彼は再び自由に自分の時間を使える音楽中心の生活に戻ることができた。昭嘉は根っからの自由人で、恋とジャズがないと生きていけない男だった。

昭嘉と光江が入籍したその日、洋太郎はその「HIDEAWAY」で三歳のカオルに出逢い、カオルは階段から落ちて、額に四針の傷を残した。

カオルの額には、髪を上げると今も四針の傷跡が残っている。

カオルは大きくなった今でも「兄ィニィに傷ものにされた〜！」と、ふざけてその傷を見せることがある。

「傷ものぉ？　自分で勝手に落ちたくせにっ！」と洋太郎は言い返すが、傷跡を見るたびに初めて出逢ったときのカオルのぶすくれた、不安そうな顔を思い出すのだった。

03

一九八九年、正月も明けたばかりの一月七日、昭和天皇が崩御。翌一月八日より年号が「平成」へと変わる。

新しい時代の始まりと時を同じくして沖縄の地では新しい家族が誕生し、宜野湾で、家族四人での生活が始まった。

一緒に暮らすようになってからも、光江は洋太郎に対して無理なことは一切言わなかった。例えば、昭嘉のことを「父」と思うようにとか、「父さん」と呼びなさいというようなことだ。

洋太郎は、昭嘉に対しては「ねえ」とか「あのさー」などと曖昧《あいまい》に接した。しかし、昭嘉の方はそのことを気にする様子もなく、洋太郎のことを「ヨウタ」とか「チビヨウタ」とか「バカヨウタ」などと親しげに呼んだ。

カオルは、両親を「お父さん」、「お母さん」と呼んだ。

昭嘉は良くも悪くも嘘のない人間で、一緒に暮らし始めたからといって急に父親面《づら》するようなことはなかった。家族ならこうあるべきだ、というような約束事ももちろんなかったし、四人で食卓を囲んで団らん、ということも数えるほどしかなかった。

昼過ぎてからごそごそと起きてきたかと思うと自分のタイミングで食事を要求し、夕方になると仕事に出かけて行った。仕事というのは、「HIDEAWAY」を拠点とした演奏活動だ。洋太郎もカオルもジャズのことなんてこれっぽっちも理解できていなかったが、テラス横の空き地で踊りながらサックスの練習をする昭嘉の姿は嫌いではなかった。

この父親はいい加減といえばいい加減な男なのだけれど、三十三歳とは思えない人懐っこさがあり、洋太郎やカオルと接するときも「子供対父親」ではなく、「人間対人間」というスタンスを保っていた。常に相手と同じ目線に立つというか引きずり込む、昭嘉はそんなちょっとした特殊能力を持っていて、どこか憎めない。

洋太郎は、昭嘉の怒った顔を一度も見たことがない。

光江から苗字が変わると聞かされたときもそうだ。「学校で苗字が変わるのは嫌だ」とゴネる洋太郎を見て、「じゃあ新垣のままにしとけばいいさぁ」と、昭嘉は笑った。

光江が店に出ている間、洋太郎はこれまでひとりぼっちだったから、カオルと昭嘉がいるこの生活は思いのほか楽しかったし、なにより母が幸せそうに笑っていることが嬉しかった。

光江は昭嘉と一緒にいられること、カオルという娘が出来たこと、洋太郎がすぐに二人を受け入れ打ち解けたことに、四人で暮らせることに、これまでの人生の中で最も大きな喜びを感じていた。カオルのことは実の娘のように可愛がった。

タコライス屋「ヘヴンズ・ドア」の常連たちは新しい夫の出現に歯ぎしりして悔しがりつつも、同時に幸せそうな光江の顔を見てどこか安心し、祝福していた。昭嘉のことを初めて見た者は誰もが後ずさりしたものだが、ほどなくして昭嘉は誰とでも打ち解けていく。客足は遠のくどころか、逆に店内はお祝いの品を持って訪れる客で溢れ、昭嘉のジャズ仲間も頻繁に来店するようになった。

カオルはすぐに洋太郎になつき、どこへでもついてきた。ついてくるな、と言っても、何度追い払ってもついてくる。

洋太郎はよく小学校の同級生と三角ベースをして遊んでいたのだが、カオルも五歳年上の男の子たちと交ざって三角ベースをした。子供にとって五歳分の体格差、運動能力の差というのはとてつもなく大きいので、みんなで話し合った結果、「カオルール」というものが出来上がった。

いくら空振りしても三振とはしない。ゴロを処理して送球する際は、ゆっくり五秒数える。送球時、カオルにボールをぶつけてもアウトにはならない。万一カオルの打球が内野を抜けた場合は、全てホームランとする。

おかげでカオルはスラッガーとなり、チーム分けの際に取り合いとなった。そしてカオルはそんな優しい兄たちが大好きだった。仕事に出かける昭嘉を見かけると、カオルは天真爛漫に手を振った。昭嘉を見ると子供たちはその風貌を見てぎょっとするが、カオルのその姿を見るとみな思わず微笑んでいた。

カオルは時折、洋太郎の背後に隠れながら、「ヘヴンズ・ドア」を訪ねる。働く母の背後に忍び寄ってはタコライスの具をつまみ食いし、叱られてはギャーギャー叫んで逃げまわった。

風呂は洋太郎と一緒に入っていた。

風呂は四人で暮らすようになってから大きくなった。昭嘉がたいそうな風呂好きで、光江に何の相談もなく家の裏手にあたる風呂場の壁を壊し、大きな風呂桶を入れたのだ。おかげで家の裏手は少し出っ張っていびつな形になったが、家族揃って食事をしようとしない昭嘉も、休みの日に風呂に入るときはカオルと洋太郎を呼びつけ、光江の手が空いてるときは光江も呼びつけ、一緒の湯船に浸《つ》かったものだ。

初めて一緒に風呂に入ったとき、洋太郎は改めて昭嘉の体の大きさに驚いた。大人の男の裸というものを見るのもおそらく初めてだった。

「おう、ヨウチンチンのチンチンは子供にしちゃぁなかなか立派なもんだな」

昭嘉はすぐにチンチンの話をする。

カオルも真似してヨウチンチン、ヨウチンチンとはしゃぐ。

洋太郎は照れながら、「うるさい、毛もじゃチンチン！」と言い返す。

「バッカおまえバカ、チンチンは毛もじゃになってからが一人前なんだぜ」と昭嘉が笑う。

カオルも真似しながら、毛もじゃチンチン、ヨウチンチンと繰り返す。

昭嘉は決まって風呂場で演歌を歌った。サックスの腕前は確かなのに、歌となるとド下手だ。しかも声が大きいだけに、その歌なのかうめきなのかよくわからない音階と笑い声は家の外にも響き渡った。幸い店の周りは密集地帯ではないので、特に苦情も出なかったのだが。

とにかく昭嘉はよく笑う大人だったし、洋太郎もカオルも一緒に歌い、笑った。

カオルはこの時期のことをよく覚えていないだろうが、洋太郎が記憶を辿《たど》ってみても、その頃の四人での生活に嫌な思い出というものはひとつもない。

洋太郎にとってもカオルにとっても、唯一の楽しい「家族との日々」だったのかもしれない。

しかし。

この楽しい暮らしも長くは続かなかった。

04

翌一九九〇年のある深夜。

洋太郎は風の音に目を覚ました。居間から明かりが洩《も》れている。

そっと忍び寄ってドアの隙間から部屋を覗《のぞ》くと、そこには半分下着姿の光江が、放心したように畳にペタンと座り込んでいた。

煙草を吸っている。おそらくは昭嘉のものだ。煙が光江の放心した表情にからみつく。子供心に声をかけてはいけないことはわかった。それは見てはいけない光景であった。

母が煙草を吸っている姿なんて見たことがなかったし、なにより洋太郎に見せたことのない涙が頬に滲《にじ》んでいる。洋太郎はその場に立ちつくしてぼんやりと様子を眺めていた。

と、その気配に気付いた光江がビクンとして振り返った。

「あ。見つかっちゃった！」

と、光江は涙を拭うと、子供のように笑った。

どんなにつらいことがあっても苦しくても、子供に対して決して見せたりはしなかった涙。洋太郎の胸は、ただただ高鳴り、鼻の奥がカッと熱くなる。決して見せなかった涙はきっとこの畳に幾度となく吸い込まれてるんだ、洋太郎はそう思った。

「ヨウタ」

そんな洋太郎を見て、光江は鼻水をすすると、微《かす》かに笑って言った。

「父さん、どっか行っちゃった」

ドッカイッチャッタ。ドッカイッチャッタ……ドッカイッチャッタ？

その言葉を理解しようと回路が働く。なんで、どうして、なんのために……。

「僕も吸っていい？」

どうしてそんなことを言ったのかわからない。何か言わなければならないと思い、間抜けな声でとっさに口をついて出たのはそんな言葉だった。同時に涙が溢れてきた。

「バカ。子供が吸うもんじゃないのこれは」

光江はそれからもう一度優しく微笑みながら、ちょっと鼻をつまんで、言った。

「ほら、こうしたら涙は出なくなるんだよ。不思議だねー。涙が出なくなるおまじないだよ」

母は理由を子供たちに語ろうとしなかったし、洋太郎も子供心に「これは聞いてはいけないことなのだ」と、決して尋ねることをしなかった。たぶんその頃、昭嘉には新しい恋人ができたのだろう。光江も洋太郎もカオルも、昭嘉に捨てられたのだ。

しかし、残された三人は、何事もなかったかのように三人の暮らしを確立していった。

光江は気落ちした様子も見せずにタコライス屋で早朝から仕込みをし、ろくに休みもせずに夜遅くまで働く。しかし子供たちには決して疲れた顔を見せず、笑顔を絶やさなかった。カオルに対しては本当の娘として接していたし、カオルも光江のことを本当の母親と思っているようだった。

幼いカオルも出て行った父親のことはなぜか一言も聞かなかった。何が起こったのかを肌で感じつつも、頭では現実を理解できていなかったのかもしれない。

カオルはこれまで洋太郎の横に布団を並べて寝ていたが、この出来事以降洋太郎と同じ布団に入ってきて、体のどこかにしがみつくようにして眠るようになった。

洋太郎は、カオルが本当の妹でないこともまた絶対に口にしてはいけないことなのだと思い、そのことについて決して触れることはなかった。それからは以前にも増してカオルの面倒を見るようになった。

05

洋太郎の心に傷となった出来事が起こったのはその年の春、洋太郎が小学校五年生になったばかりのことだ。

春の父兄参観日が近づいていた。洋太郎は一度も親に来てもらったことがない。その日だけは自分のおかれた環境を呪う。それを口にしたことはないし、他人をうらやましいと思ったこともない。そこに母の姿があってほしいだけだ。綺麗な母を自慢したい気持ちもあった。自分が褒められているところを見てもらいたいという思いもあった。参観の日は孤独の日でもあった。今年だけはそれを母にお願いしよう。お店を休んで、参加してくれと。

しかし、言おうと意気込んでもなかなか言い出せるものではなかった。光江は忙しかったし、いざその時となるといつもの聞き分けのよい洋太郎に戻ってしまう。

ある日、学校が終わると、意を決して「ヘヴンズ・ドア」に足を運んだ。店はいつものようにてんてこ舞いだった。光江は汗を拭きながら一人で何人分もの仕事を効率よくこなしながら、客に笑顔を振りまいていた。

「お母さん」

洋太郎が声をかけると母は驚いたように振り返った。

「あら、ヨウタ、どうしたの？」

「お母さん、話が……」

「はい、いらっしゃい！　ヨウタ、家で待っといて。カオルを一人にしたらダメでしょ」

光江はそう言い放つと、仕事に戻ってしまった。

洋太郎はひとり家路についた。

その夜は必死で起きていた。時計が十一時を廻り、やがて十二時を指し、洋太郎がうつらうつら眠りの谷に引き込まれそうになったとき、玄関のドアが荒々しく開いた。

「あれぇ、ヨウタ。なんで起きてるの？」

光江は酔っているようだった。

「あんた、なに、そういえば、今日、話があるって……」

洋太郎の心はすでにねじれていた。

「何でも話しなさい、ん？　なに、なに？　好きな女の子でもできた？」

陽気でからかうような口調で言う光江に対して、洋太郎は黙りこくっていた。

「なぁに、ヨウちゃんなに怒ってるの。どうしたの、アタシの宝物」

抱擁しようとする光江を、洋太郎は突き放し、その態度を咎《とが》めるように言い放った。

「いいかげんにしてよ。だから、男も逃げるんだよ」

光江の表情が固まった。言った瞬間、洋太郎はしまったと思った。しかし、やめろやめろという心の叫びとは裏腹にさらに激しい言葉が飛び出していく。

「そんなだから、そんなことばっかりやってるから、何回も逃げられるんだよ。僕だって、いつかは」

洋太郎は興奮して泣いていた。

しかし、光江は静かに笑ってこう言った。

「そうだねぇ。ヨウタのいうとおり、こんな女じゃしかたがないよね。お母さんとしての資格も、ないよね」

畳を見つめてそう呟《つぶや》く光江の姿に、洋太郎は想像以上の衝撃を受けていた。

僕は母に守られる人じゃなかった、母を守らなければいけない人間だったんだ。

その夜どうやって布団に入ったのか覚えていない。翌朝、机には「出席」に丸のついた参観日のプリントが置かれていた。朝ごはんの支度をする光江の目は充血して腫れていた。

光江が風邪をこじらせたのは、それから一週間後のことだ。

店を休むことも多くなった。もともと痩せた体はさらに細くなった。咳《せき》が止まらず、布団にだるそうに横たわる母の姿を洋太郎はよく見かけた。町の医者に行ってもいつも同じ薬をもらうだけだった。

「病院に行ったほうがいいよ」

洋太郎は母に何度も言ったが、光江が本当に病院に行ったのはそれから随分後のことだった。

病院に行くと光江はそのまま入院を余儀なくされた。

乳癌、しかも末期だった。光江は働き詰めで検診に行くこともなかったため、自覚のないままに肺にまで転移していたのだ。洋太郎とカオルが駆けつけたときに、すでに光江はベッドの上でただひたすら横たわっている人となっていた。

入院した翌々日、光江の容態はさらに悪化する。

生死の淵をさまよっては小康状態を取り戻すという繰り返しが数日続いた。その間に光江の故郷の島からは、光江の母のミトと兄夫婦が出てきた。あまりの急な出来事に、着の身着のままで島から出てきた兄夫婦は廊下の隅で憔悴《しょうすい》しきっており、親戚中に電話をかけている。

病室前のベンチには祖母に付き添われた兄妹がいる。背筋をピンと伸ばして口を真一文字に結び、握りこぶしを膝に置いたまま病室の扉を睨《にら》みつける洋太郎と、洋太郎にぴったり寄り添って、手の中の模型電車を眺めるカオル。二人はろくに眠りもしないまま、食事も取らずトイレにも行かず、じっと黙ってそこに居続けた。

どのくらいの時間そうやっていただろうか。やがて病室から看護師が出てきた。

「新垣洋太郎さん」

洋太郎は素早く立ち上がり歩み出ると、爪先立ちで背伸びをして、看護師の目を凝視する。少し呼吸が荒くなって、つばをごくりと飲み込んだ。

光江が、洋太郎と二人だけで話がしたい、と看護師に告げたのだ。


看護師に付き添われて病室に入ると、ベッドに横たわり、いくつもの点滴を打たれ、人工呼吸器をつけている母の姿があった。たったこの数日間で、枯れ果てる植物のように見る影もなく痩せ細っている。顔面は蒼白で艶を失い、髪の毛だってボサボサだ。

洋太郎はこれまでに見たことのない母の姿を目の当たりにし、感じたことのない恐怖と悲しみに支配された。何かが触れただけで全ての感情のバランスが崩れ、体が張り裂けて気絶するまで泣き叫んでしまいそうだった。洋太郎は一本の絹糸の上を歩くように足音も立てず、そっと、ゆっくりと、光江の側に立った。看護師が光江の呼吸器を少しずらすと、光江は閉じていた目を開ける。母の目を見て、洋太郎の精神もほんのちょっとだけ落ち着きを取り戻した。

「ヨウタ、今からお母さんが言うことをよく聞いて」

母はいつもと同じように微笑み、そして気丈な表情で洋太郎にこう語りかけた。

「もし私がいなくなったら、カオルと二人で島のミトおばあちゃんのところに行きなさい。ミトおばあちゃんにも輝一おじさんにも全部話してあるから大丈夫。心配しなくていいから。いいね。魚釣りにだって連れてってもらえるよ。涼子おばちゃんのおいしい料理、覚えてるでしょう」

お母さん、いなくなっちゃうの？　と聞こうとした洋太郎だったが、喋り方を忘れてしまったかのように、口も喉も反応しない。カラカラに乾いてヒューヒューいっているだけだ。

「お母さんの命はもう残り少ないかもしれないの。でもさ、それは悲しいことじゃないんだよ。仕方がないことなんだよ。でもさ、ヨウタとカオルを残していくのは本当に……」

一瞬崩れそうになった表情を必死で引き戻し、光江は続けた。

「ヨウタ、約束して。どんなことがあっても、カオルを守ってあげるのよ」

カオルは廊下で祖母であるミトに頭を撫でられながら、模型電車をいじっている。

「あの子はひとりぼっちだから。だからさ、ヨウタが守ってあげるんだよ」

洋太郎は小さく頷きながら鼻の穴を大きく膨らませた。

泣いてはいけない。泣いてお母さんを心配させてはいけない。僕はお母さんを守らなければいけない、あらゆることから。

お母さん、守れなくてごめん、僕はずっとお母さんのこと……。頷きながら涙が出そうになるのを必死で堪《こら》える洋太郎に光江は言った。

「ヨウタ、泣いたらだめ。ほら、涙が出そうになったときのおまじない……。覚えてる?」

そう言って光江は管だらけの手を伸ばして洋太郎の鼻をつまみ、おまじないをしてくれた。

その瞬間に大粒の涙がポロリとこぼれ落ちてしまったが、自分とつながる母の指先は限りなく優しく温かく、その温もりに還《かえ》るかのように、洋太郎は崩れ落ちるような格好で突っ伏して眠ってしまった。

そして翌朝、新垣光江は静かにこの世を去った。
空には薄黒い雨雲が広がり、静かな雨を降らせていた。
洋太郎十一歳、カオル六歳のときの出来事である。

06

光江の死後、洋太郎とカオルは生前の約束どおり、母の故郷の島にある、祖母の家に預けられることとなった。島へ向かう船の甲板の上で、次第に小さくなっていく本島の港を見つめながら心細そうな顔をしているカオルの姿を、洋太郎は目に焼き付けた。その小さな手は洋太郎の手をぎゅっと握り締め、いつまでも離そうとはしなかった。

本島から少し離れた島にある母の実家は、宜野湾の家とはまた趣《おもむき》が違う。古い集落の中にあり、緩やかな傾斜をもった林を背面に、残り三方は琉球石灰岩を積み上げた石垣で囲われている。沖縄の古い家屋は日本の一般的なそれとは違った独特の造りをしていて、軒の低い平屋が多いのは直射日光を避けるため、床が高いのは湿気を避けるための工夫だ。真夏でも窓を全開にしていれば、さほど暑さを感じない。台風と白蟻の被害を抑えるために壁や天井には漆喰《しっくい》が塗られ、赤瓦の屋根や門柱の上ではシーサーが家を護《まも》っている。家に降りかかる災厄への配慮、自然と共存するための知恵が隅々まで行き渡っているのだ。

祖母のミト、同居する母方の長男夫婦である輝一と涼子はとてもおおらかな人だった。

「子供はみんなで育てればなんとかなるさぁ。俺たちもそうやって育ててもらったしな。金はないけど二人とも島の子供さ」と、明るく二人を迎え入れた。

その晩の食卓には二人を歓迎する料理が並べられた。伯母の涼子は甲高い声でケタケタとよく笑う。かなり太っているが、チャーミングだ。洋太郎はちょうど今のカオルぐらいの年齢だった頃、光江に連れられて一度だけこの家に来たことがあった。その時に手羽先の塩焼きとちくわの磯辺揚げが好物だということを言っていたのだろう。そ涼子はそのことを覚えていてくれて、豆腐チャンプルーやゴーヤのおひたしと一緒に出してくれた。涼子は抜群に料理が上手《うま》かった。

「お腹《なか》減ったでしょう、遠慮しないでたくさん食べなさい」

「……はい」

しかし、なかなか手をつけられない。カオルもうつむいたままで、頑《かたく》なに口を閉ざしている。

実際には二人とも腹ぺこだった。しかし、幼い兄妹にとって、あまりにもあっという間に環境が変わりすぎ、これからこの家で始まる新生活を想像できなかった。

洋太郎は、あっ、と思い出したように荷物を置いてきた部屋に戻り、カオルも黙ってその後をついていく。洋太郎はカバンを探り、中から二組の茶碗と箸を取り出した。小さい方のカオルの茶碗はピンク色のプラスチック製のもので、外国アニメのキャラクターが描かれている。箸もお揃いでピンク。家族四人で暮らし始めた頃に光江が街で買ってきてくれて、宜野湾の家でずっと使い続けていたものだった。

今回この島に渡って来るにあたり、「ヘヴンズ・ドア」の引渡しやあらゆる手続き、家の片付け、荷物の運搬手配等、全てを伯父夫婦がやってくれた。元々家具の多い家ではなかったし、従兄弟《いとこ》のおさがりでよければ最低限の物はあるからということで、あまり多くのものを持ち出さずに残りは処分してしまったのだが、出発の日の朝になって、処分した家具の山の中からカオルがこの茶碗と箸を掘り出してきたのだった。兄の分も忘れずに。

洋太郎が現在の自分の状況とこの茶碗に詰まった記憶の糸とを手繰《たぐ》り寄せて必死で結びつけようとしていると、カオルがこてん、と膝の上に頭を乗せてきて、「兄ィニィ……」と囁《ささや》いた。洋太郎は何か話し掛けようとしたが、そのまま寝息を立てているカオルを見て、幼い頃母がそうしてくれていたように、カオルを寝かしつけるときいつもそうしていたように、ゆっくりと頭を撫で続けた。

洋太郎もそのまま眠ってしまいそうになったが、歓迎してくれた家の人たちに迷惑や心配をかけてはいけないと思い直し、カオルが完全に眠ってから一人で座敷に戻り、温め直してもらった料理を少しだけ食べた。

伯父夫婦が明るく振る舞って何かと洋太郎に構おうとしていたところ、陰から兄妹の様子をずっと見守っていたミトは、そっとしておいてやれ、というような合図を目で送った。

輝一も涼子も、妹を亡くしてしまった深い悲しみを背負いつつも、子供たちには決してつらい思いをさせまいと決意していた。しかし初めはやはり接し方に少し戸惑う部分もあった。

この夫婦には二人の息子がおり、長男も次男も本島の大学と高校に進学し、二年前に揃って家を出て行った。二人ともそれぞれ学生寮に入ったため、彼らが実家で使っていた部屋は大体そのままの状態で残っていて、洋太郎とカオルはそこを使わせてもらうことになった。

翌日、洋太郎とカオルは魚釣りに行こうと輝一に誘われた。正直にいって、釣りをする気分ではなかったが、輝一のやさしさを無にすべきではないと思い直し、車に乗り込んだ。

道すがら、母ちゃんは昔あそこの畑で盗み食いしてたとか、あそこの磯で転んで大怪我をしたとか、洋太郎とカオルの知らない光江のことを次から次へと話し続けた。輝一もまたそうやって、妹の面影を残す洋太郎に向かって話すことによって、ひとつひとつの思い出を整理したかったのかもしれない。

だが、洋太郎とカオルには幼き日の母の姿を思い浮かべることが難しかったし、その母が今はいないんだ、ということを考えるとやはり悲しい気持ちに支配された。兄妹の表情を察した輝一は動揺し、「まだこんな話するのは早かったかぁ、ははっ」と笑顔にならない複雑な表情を浮かべ、窓の外を見遣《みや》って後悔した。

結局三人は釣りの予定を取りやめ、島をドライブすることになった。洋太郎はその提案に喜んで従った。これまで悲しいことやつらいことがあったとき、いつでもこの自然が包み込んでくれたからだ。

「今は悲しくて不安だろうが心配しないでいいよ。ヨウタ、カオル、おまえたちはこの島で元気に暮らすんだよ。おまえたちは、おじちゃんたちの子供だからな」

三人ともほとんど口をきかずに、ただただ景色が流れていくだけだったが、輝一は「心配しないでいい」と、そのことだけを伝えたく、ぽつりぽつりと繰り返し言った。

洋太郎も伯父のそんな優しさを肌で感じ取り、僕がしっかりしなきゃだめだ、と自分に言い聞かせながら、延々と続く水平線を見つめていた。


そしてその日の明け方、洋太郎にとって忘れられない事件が起こった。

ふと目を覚ますと、隣で眠っているはずのカオルがいないのだ。

慌てて飛び起きて家の中を探すが、どこにもいない。ただならぬ様子の洋太郎に気付き、ミトと伯父夫婦が起きてくる。と同時に、洋太郎は血相を変えて家を飛び出した。

「カオル!!」

「ヨウタどうした！」

寝巻き姿のまま追って家を出てきたミトに返事もせず、洋太郎は全速力で駆け出した。

「カオル！　カオルー!!」

明け方に強まった風雨が容赦なく洋太郎を襲う。目もまともに開けていられないほどの土砂降りの中、慣れない集落の中を猛スピードで駆け抜けて行くと、やがて海岸線に辿り着く。スピードは緩めない。

「カオルー!!　カオルー!!」

どのように道を選んでいたのかはわからない。しかし洋太郎は迷いなく一定の方向を目指して進み、子供の体力では到底無理だろうという距離を全力で走り続け、何度も何度も妹の名前を叫んだ。

断崖へ続く坂道を駆け登り、道が途切れているのが見える。確信したかのように更にスピードを増し、雨に叩かれながらも目を見開いて薄闇の中を凝視する。

すると断崖のその先端に、同じように雨に打たれながらぽつんとうずくまっているカオルを見つけた。

「カオルーッ!!」

その声に気付き、ぼんやりとカオルが振り返る。

「……兄ィニィ？」

「何してる！　こっち！　戻れ!!」

洋太郎の姿を見た瞬間、カオルは洋太郎に向かって駆け出した。擦りむいた膝小僧からは血が流れ、木の枝葉や草による切り傷が体のあちこちにできている。

洋太郎が力強く抱きとめると、カオルは洋太郎にしがみついて泣きじゃくりながら、なんと言っているのかわからない意味不明の言葉で、これまで我慢してきたことを吐き出すように一気にまくしたてた。母の葬儀でも本島を離れるときも決して泣かなかったカオルが大声をあげて泣いたことに少し驚きながらも、メッセージを受け止めようと、洋太郎は必死で耳を澄ませた。

「んぐってさ、してからおうちにいこうとしてからさギノワンにいこうとしてからさ、そしたらどこかわからんくなってからさ、兄ィニィこわかった、カオルさ、さみしかった、兄ィニィ。どこにもいかんでカオルのそばにいてよ、お母さん。兄ィニィ。兄ィニィ兄ィニィ兄ィニィ!!」

やがて雨が上がり、いつしか朝日が水平線の向こうに昇っていた。洋太郎はカオルをおぶって帰路についた。

「ギノワンの家はさ、この海のずーっと向こうさ。一緒に船に乗って来ただろ?」

「お母さんはギノワンにいないの」

「お母さんは死んじゃっただろ」

「しんだら人はどうなるの」

「……わからんよ」

「なんでお母さんはいないの」

「死んだっていうのは、どこにもいないってことさ」

「どこにもいないの？　なんで」

「どこにもいないことを、死んだっていうわけさ」

「しんだ……」

カオルには、どうしても〝死ぬ〟ということが理解できない様子だった。

説明している洋太郎も、どのようなものかを理解することなどできていない。むしろ、死や無になることへの恐怖は、母の死後、誰よりも洋太郎が感じていたのかもしれない。母はいったいどこへ行ってしまったのか。そのことを考えるといつも恐《こわ》くなってしまい、深く冷たい暗闇に飲み込まれるような感覚に陥った。

カオルの目からまた涙が溢れてベソをかきそうになっている。洋太郎はカオルを背から降ろして言った。

「カオル。お母さんに教えてもらったおまじない、教えてやる」

洋太郎はカオルに顔を近付け、自分の鼻をつまんでみせた。

「涙が出そうになったら、こうすんだ。そしたら涙は出なくなるって、お母さんが教えてくれた」

もう片方の手でカオルの手を取り、カオルの鼻を一緒につまんで優しく笑う。

「兄ィニィくるしいよ、へんなの」

そう言いながら、カオルの顔からはいつしか笑みがこぼれていた。


集落の近くまで戻ると、大勢の大人たちが懸命に二人のことを探し回っていた。よたよたと帰ってきた二人にいち早く気付いたミトは必死で自転車にまたがって漕ぎ出したが、上手く漕げずに乗り捨てて駆け寄ってくる。ミトの姿を見た洋太郎とカオルは、無事に帰り着けたことに安心してしまって緊張の糸が切れたのか、涙が溢れ出そうになり、二人同時に鼻をつまんだ。だが、早速このおまじないを使う機会を得たこと、タイミングが同じだったことがおかしくなってしまい、ミトの胸に埋もれる頃には互いに顔を見合わせて、泣き笑いになってしまった。

「バカタレ、おまえたちはどこに行ってたか」

「ばあちゃんごめんなさい」

「ごめんなさぁい」

兄妹は鼻をつまんだまま祖母に謝ってしまったので、本当にバカみたいな声になってしまった。

「よかったさぁ、なんにもなくてよかったさ」ミトは周りの大人たちに二人の無事を告げ、お礼を述べた。

「このおまじないはね、ばあちゃんがあんたたちのお母さんに教えたんだよ。よーく効くでしょ」

家までの帰り道、ミトはそう言いながら、自分の鼻をつまんだ。

「なんくるないさぁ。二人は島の子供だよ、おばあのかわいい孫さぁ。お母さんは、いなくなってもちゃんといるよ」

前の日に輝一がかけてくれた言葉と同じようなことを告げ、続けた。

「この島のもっともっとずーっと向こうの南の果てに幻の島があってね。それはそれは美しい楽園みたいなところだよ。そこにお母さんも死んだおじいもいてね、とっても楽しく暮らしているよ。昔からそう言われているんだから間違いないよ」

「まぼろしのしま……?」カオルが聞き返す。

「そうだよ。死んだら人はみんなそこへ行くんだよ。そこへ行ったら、先に亡くなった人たちにきっともう一度会えるから。そしたら思い出話をたくさんしないといけないよ。こんなことがあった。あんなことがあった。だから、生きてる間は、楽しく笑って過ごさないといけないよ。そうしないと、楽しい話を聞かしてあげられないさあねぇ。だから泣いたらダメだよ。これからはみんなで楽しく暮らそうねぇ」

ここよりもっと南にある幻の楽園。そこはどんな場所なのか。そこに行けば本当に母がいるのか。

洋太郎とカオルの中に描かれた遠い海の向こうにあるその島は、二人の中にいつまでも鮮明に残っていくこととなった。

07

そうして島での生活も四年が過ぎた。

一九九五年。洋太郎十五歳、カオル十歳。


島に来たばかりの頃はいつも兄の後ろに隠れて何も喋ろうとしなかったカオルは、当時のことが笑い話となるほどにすっかり本来の明るさを取り戻し、元気すぎるほど元気にすくすくと成長した。

島の子供相撲大会で優勝してしまうわ、男の子と喧嘩して海に突き落としたりするわで、数え上げたらきりがないくらいの武勇伝を積み上げていく。

洋太郎も負けず劣らず明るい性格で、彼の周りでは常に笑いが絶えなかった。お調子者が過ぎてしまい、学校の先生から雷を落とされる場面もままあったが、裏返してみるとこの二人の明るさは、父の家出、母の死などの傷から逃れるために無意識にとった防衛策だったのかもしれない。

洋太郎は、自分とカオルの身を守るために薄皮を一枚ずつ身にまとい、大人になっていった。カオルを励まし笑わせ元気づけるのが自分の役割だと思っていた。その役割を全うするために薄皮を懸命に重ねながら、表面上はおちゃらけて明るく振る舞い、必死に、生真面目に生きていたのだ。

カオルはそんな洋太郎に全幅の信頼を寄せ、典型的な末っ子らしい、奔放さに包まれている。兄妹で悪さをしたときでも伯父の説教をうつむいて真面目に聞いているのは洋太郎だけで、反省しているのかしていないのか、カオルはその横できょとんとしている。

また、物持ちのよい洋太郎に対し、カオルはなんでもすぐに壊してしまう。なぜかカオルが手にしたもの、触れたものは、どうやったらそれが壊れるんだというぐらい壊れる。

自転車、電気のスイッチ、トイレのドアノブ、テレビのリモコン、花瓶や庭の鉢、風呂の蛇口、洋太郎の友達のラジコンカー、とにかくなんでもだ。十歳の女の子にしては腕力が強く、加減の仕方がわかっていなかったという部分もある。何せ同年代同士とはいえ、男子も含めた島の相撲大会で優勝してしまうのだから。

そんなカオルは島の子供たちから、「デストロイヤー」のあだ名を冠され、恐れられたり冷やかされたりしていた。カオルはそんなことは気にも留めない素振りを見せたかと思えば、突如追いかけてはパンチを見舞わせたりした。

伯父夫婦はその対応に追われっぱなしだった。女の子がそんなことしちゃダメだ、といくら言っても、無駄だった。ハイ、ハイ、と返事だけは立派で、聞いちゃいない。説教を食らい終えて部屋に戻ってきたカオルに対し洋太郎が何か言おうとしても、

「兄ィニィ、だってあれたちひどいんだよ〜」と正当化し、でもたいしたことないからさぁ、と兄をなだめる。まんまと妹に言いくるめられる洋太郎だったが、後日やられた男の子を見て、こりゃデストロイヤーだって言われても仕方ない、と納得してしまうのだった。

そしてこの頃になると、カオルの顔つきも変わり始めた。くっきりした目鼻立ちは、昭嘉の面影を匂わせる。

ある日の学校帰り。

カオルは年長の男子三人組に絡まれた。

「カオル、おまえさぁ。ガイジンとのハーフだってな」

「はぁ、だれが言っててんのさそんなこと」

「みーんな言ってるさぁ」

「だっておまえ、ガイジンっぽいし」

「そんなわけないでしょ。バカじゃないの」

カオルは相手にしないよう、その場を立ち去ろうとしたが、三人組はしつこく付きまとってくる。「オトコオンナ」だの「ガイジンレスラー」だのと、その揶揄は次第にエスカレートしていった。

「おまえとヨウちゃん似てないよなぁ」

「だってヨウタはほんとうの兄ィニィじゃないだろ」

そこでカオルの正気は失せた。

「みんな、しってる、なあ」

次の瞬間、カオルは石を投げつけていた。

それはひとりの頭に命中し、血が流れた。たいしたことはなかったが、血をみて三人はうろたえた。

それでも、おさまらないカオルは血相を変えて石を投げ続けた。そして、とうとう相手のひとりが、決死の覚悟で当たればただでは済まないほどの大きな石を抱えて振りかぶった。その瞬間、カオルはとっさに背後の海に飛び込み、少し離れた岩場まで必死で泳いで逃げた。

三人組も怒りがおさまらずに岸から小さな石つぶてを投げ込んでくる。

ほとんどがギリギリのところで届かなかったが、岩場に当たり角度を変えた石が三発、カオルの手足に命中した。

いつもの喧嘩とは違う、相手の殺気にカオルはようやく恐怖を覚え、岩場の上でうずくまったまま動けなくなってしまった。

三人組は、

「知らんからよー」「このオンナオトコ」「おぼえとけよ」

などと口にしながらその場を立ち去った。

カオルはそのまま岩場にとり残された。痛みと恐怖と悔しさとが交じり合う。岸まで泳いで帰る気力もなかった。

どのくらい時間がたっただろう。やがて潮は引きはじめ水面はカオルの足が立つ高さまで水位を下げた。カオルは顔を上げ、そのままずり落ちるように入水し、ゆっくりと岸へ向かって歩いていく。そして無事に浜まで辿り着くと、その場にぺたんと座り込んでしまった。

中学の下校時間となり、洋太郎は自転車で帰路についていた。浜の近くを通りかかったとき、ずぶ濡れになってへたりこんでいるカオルに気づいた。

「なにやってんだあんなとこで……！」

舌打ちし、慌てて駆け寄った。痛々しいアザを見て、誰かと喧嘩したと察したが、それにしてもいつもと少し様子が違う。いつもなら喧嘩して少々怪我をしてもあっけらかんとしているカオルが、鼻をつまんで必死に涙をこらえているのだ。

「大丈夫か」

「兄ィニィ」

「男と張り合うのはやめとけって言ったろ」

「だって……」

カオルはうつむいたまま黙っている。

「もういいさ、それよりおまえまた輝一おじちゃんに叱られるぞ。バレないようにここで服乾かしていこう」

「うん」

「……なんで喧嘩した……」

落ち着きを取り戻したカオルに洋太郎が訊いた。しかしカオルは答えなかった。今回の喧嘩の理由を絶対に兄に知られたくなかった。思い出すだけでまた怒りと悲しみが込み上げてきた。

　この頃のカオルがそのことについて知っていたのかは定かではない。少なくとも洋太郎も在りし日の光江も、祖母も伯父夫婦も決して語ることをしなかった。しかしカオルにとって、家族の血筋について冷やかされることだけは勘弁ならなかったのだ。

「それにしてもどこのどいつだ」

　洋太郎の中に次第に怒りが込み上げてきた。カオルのことはどんなことをしても守ると誓った。なのにちっとも守れない自分がいる。洋太郎は自らの無力を嘆いた。

「もういい。そいつらいつかぶん殴ってやる」

　洋太郎はそう言うと濡れた服を受け取って自転車に掛けて干し、カオルの気の済むまでここで一緒にいようと決めた。

　何か話しかけようかと、ふとカオルの姿を見た次の瞬間、洋太郎はドキッとした。ここ最近、カオルが一緒に風呂に入りたくないと言い出した理由を察してしまった。子供だとばかり思っていたカオルの体は少しずつ女らしい丸みを帯び、胸は小さく膨らみ始めていたのだ。

「全然乾かんなぁ。もういい、このまま帰ろう。輝一おじちゃんにはオレから言っとく」

その日、カオルは初めての生理を迎えた。

最初は自分の体の変化に驚いたが、クラスの友達から聞いていた話はこのことだったのかと納得すると、すぐに落ち着きを取り戻した。カオルは伯母の涼子にこのことを伝えた。

二人はこりゃおめでたい日だと手を叩き、お祝いしようと喜んだ。カオルは妙にしおらしく、恥ずかしいからやめて、と言った。

すると涼子は「カオル、これは全然恥ずかしいことじゃないんだよ」と、優しく笑い、ミトは、

「カオル、おめでとう」

と頭を撫でた。

おめでたいことなのかな、とカオルが呟くと、

「それはそうさあ、大人のオンナになったんだよ」

そう言ってミトは笑った。

涼子が杯を三つお盆に載せて持ってきた。カオルのものだけオレンジジュースが入っていた。

「じゃぁあらためて。おめでとう」

オンナ三人はその場でこっそりと乾杯をした。


カオルはその晩なかなか寝付けずにいた。隣でぐっすりと眠る兄の顔を見ながら、思った。

自分はもう今までとは違うんだ、男の子と取っ組み合いの喧嘩なんてしてはいけないんだ、私は女の子だったんだ。

カオルは小さな頃から洋太郎のようになりたかった。何をするにも洋太郎について行ったし、なんでも洋太郎と同じようにしたがった。兄に憧れていた。

しかしこの日、はじめて自分が女なんだということを強く自覚してしまった。カオルは階段をひとつ上ってしまった。知らんふりして子供のままでいたかったのに……。


「カオル。俺さ、本島の定時制高校へ行くことにしたから」

突然、洋太郎がカオルに言ったのはそれから半年たった冬のことである。

その頃、洋太郎は進学問題に直面していた。

中学卒業後そのまま島で仕事に就く者を除いて、ほとんどの子供たちは本島の高校へ進学した。伯父夫婦は就職した長男からわずかな仕送りも受けていたが、次男はまだ大学に通っており、決して経済的に余裕があるわけではない。しかし洋太郎の進みたい道を希望どおりに歩ませてやりたいと考える輝一は、洋太郎に普通高校への進学を勧めた。

洋太郎は悩みに悩み、考えに考えた挙句、本島に渡る決意をした。経済的負担も考え、昼は輝一の知り合いが経営している小さな自動車整備工場に住み込みで働き、那覇にある定時制高校に通うことにしようという結論に至ったのである。

「ひとりでも大丈夫だよな。ばあちゃんも輝一おじちゃんも涼子おばちゃんもいるしな」

「何心配してるわけ、大丈夫に決まってるさぁ」

洋太郎は毅然とした表情で伝え、カオルは明るく受け答えをした。しかしやはり二人の心の内には不安や心配、心細さばかりが押し寄せ、それを互いに悟られまいと明るく振る舞った。

そうして十六歳を迎える春。

洋太郎は小学生のカオルを島に残して本島へ飛び立った。

08

一九九六年四月、那覇へ移り住んだ洋太郎の新生活が始まった。

輝一の口利きで雇ってもらった自動車整備工場に住み込みで働き、夜になると学校へ通った。工場にはもう一人、島袋勇一という同級生が同様の条件で就職していて、彼と洋太郎、二人の新人を入れると従業員は八名。個人、もしくは親族経営の多い町の整備工場としては中くらいの規模である。工場の二階部分が住居となっており、そこに輝一とは古い仲である工場長が住んでいる。雇い主であるオーナーは別にいるが、時々ふらりと様子見にやってくる程度で、実質的には工場長が給料面以外の全ての面倒を見てくれていた。

工場二階の住居スペースは、元々オーナー一家が暮らしていた家屋である。オーナーが近所に一軒家を建てて引っ越してからは改装されて一部が事務所となり、空いた部屋のひとつに、十五年前に離婚して家族と住む場所を失った工場長が住むようになっていた。

もうひとつある空き部屋、そこが新人もしくは独身者の受け入れ先となっているわけだが、昨年までこの部屋に住んでいた従業員が独立して退社したため、この春からの代役で勇一が採用され、更にそこに滑り込む形で洋太郎が入ってくることになったわけだ。

勇一とは高校も同じなので、ほぼ二十四時間を共に過ごすこととなる。気さくで人懐っこく、女好きの勇一は、一人っ子だった。そんな彼にとってみれば、洋太郎の存在は同僚というよりも初めての兄弟のようなもので、それが嬉しかったのだろう。自分のことを知ってもらおうと、どうでもいい話から自分の夢の話まで、毎晩のように熱く語った。

彼の存在のおかげで洋太郎も心強かったし、新しい生活に対する不安や心配事にとらわれて苛《さいな》まれることもなく、生活を上手く軌道に乗せることに成功した。洋太郎の兄としての気質と勇一の潜在的な子分的気質がぶつかり合わずにうまく馴染《なじ》んだことで、二人の関係性はうまい具合に築かれていったのだ。

勇一の両親も二人で小さな自動車整備工場を経営している。今回の就職は、いわば家業を継ぐための武者修行というわけだ。彼は本当に車が好きなのだろう、仕事場では整備工としての技術を身に付けることに専念していたし、学校での授業中も上《うわ》の空で車雑誌を読みふけっては、憧れのカーライフへの妄想を膨らませていた。

洋太郎の方は特別車に興味を持っていたわけではないが、伯父の輝一から紹介してもらった以上、決して自分が迷惑をかけてはいけないという思いが強かったし、工場長は洋太郎と勇一にとてもよくしてくれていたので、とにかく早く役に立てるようになりたいという一心で仕事に集中した。

洋太郎は初任給をもらったその月から、島へ仕送りを始める。月に一万円。その内半分はカオルの将来のために積み立ててほしいと伯父夫婦に頼んだ。

それから一年ほどは忙しくはあったが、この生活は楽しく順調にいっていた。しかし、高校二年の夏を迎えた頃、自動車整備工場は突然閉鎖された。

元々工場の経営状況は決して芳しいものではなかった。一九九一年のバブル崩壊を受けて各自動車メーカーが生き残りのため、コスト削減のためのあらゆる手を打つ中、その煽《あお》りをもろに食らって非情な締め上げにあっていったのがこのような整備工場や部品工場だった。

そんな状況でも、洋太郎と勇一を受け入れた工場は当初はギリギリながらもなんとかやっていけていた。二人とも仕事の飲み込みが早く、給料に見合う以上の働きを見せていた。工場長は二人を一人前の整備工に育て上げつつ、オーナー社長がことある毎《ごと》に言う「起死回生の一手」というやつを待っていたのだが、その矢先、上得意先の倒産で巨額の不良債権を抱えてしまい、それが致命傷となった。

ある朝、怒号と罵声《ばせい》に驚き目覚めると、工場二階の住居には大勢の債権者が押し寄せてきており、殺気立った面持《おもも》ちで起き抜けの工場長に詰め寄っていた。工場長もわけがわからない、といった表情で困り果てている。オーナー一家は蒸発していた。やがて工場にあるものはこの住居も含め全て、見知らぬ傍若無人な男たちに荒々しく差し押さえられた。洋太郎も勇一も仕事と住む家を一度に失い、そうして途方にくれた。

その後の工場長の動きは尊敬に値した。自分のことはさておき、従業員たちのために、知り合いの整備工場や関連会社を奔走した。しかし二人はその紹介は受けずに、結局、勇一は両親との相談の結果そのまま実家の手伝いをすることとなり、洋太郎も、〝ある想い〟をもって自分で仕事を探すことにした。

〝ある想い〟。それは幼き日に見た母の働く姿への想いだった。

母が調理場に立って料理を作るその姿。

09

二〇〇一年初春。

那覇の国際通り近くにある沖縄料理店、「みどり」。

三十八歳になるマスターとその妻、三十五歳の美登里が二人で経営している居酒屋で、昼間はランチ客で賑わい、夜は地元の老若男女が集って酒を酌み交わす。どこにでもあるような居酒屋だが、美登里の得意とするチャンプルー料理には定評があり、知る人ぞ知る、隠れた名店でもあった。

自動車整備工場が倒産した後、街に出てきて一番初めに洋太郎の目に入ったのがこの店だ。「バイト募集中」の張り紙を見て躊躇《ちゅうちょ》なく飛び込み、その翌日から働きだして四年が経過していた。

最初の頃はランチの時間帯の接客から夕方の仕込みまでを手伝い、夜になると学校へ通っていたのだが、よく働く洋太郎はここでも重宝がられて次第に夜も働くようになっていった。

そうして、洋太郎は高校を休みがちになり、結局二年で中退を決意した。

伯父夫婦に対しては後ろめたく、良心が痛んだ。しばらくこのことは隠しておこうと思っていたが、その方が卑怯な気がして、自らの覚悟のために、手紙を認《したた》めた。

こういう形になってしまって申し訳ありません、学歴は自分にとって関係ないと思うようになった、大切なのは今の自分のこの気持ちで、いつか必ず自分の力で店を出してみせる、心配しないでください、カオルをどうかよろしくお願いします、感謝してます。そんな内容の文章を書いては破り、書いては破り、三日かけてようやくポストに投函した。

いつからだろうか、洋太郎は、母がやっていたタコライス屋「ヘヴンズ・ドア」のような店を構えることを夢に描くようになっていた。そうしてそれを実現させるべく、手紙を投函したこの日から準備をスタートさせたのである。

決意表明どおり、洋太郎は昼夜を問わず働き続けた。「みどり」での仕事以外にも、早朝は農連市場から各飲食店への食材配達業務もこなした。周りの人からは「おまえいつ寝てるんだ」と心配されるほどだった。

マスター夫婦は高校中退という形で退路を断った洋太郎に対する責任を感じていたのと、その気迫を意気に感じたのとで、それなら自分達の全てを叩き込んでやると意気込んだ。彼らは自らの持つ知識と技術とノウハウを余すところなく洋太郎に伝授していった。

その支えがあって洋太郎は三年後に調理師免許を取得した。翌年には自動車免許も取って、ボロではあるが中古車も手に入れた。そしてその間も毎月必ず、島へできるかぎり精一杯の仕送りをし、半分をカオルのための積立として頼んでいた。

洋太郎の明るく朗らかな性格は「みどり」を訪れる客や農連市場のおばちゃんたちからもすこぶる評判がよく、すぐに人気者となった。昼夜は基本的に「みどり」で食事をとり、市場では余った野菜や魚、肉、弁当や惣菜などを年中分けてもらったので、食事面では全く困ることがない。それどころか、Tシャツ、ズボン、下着その他諸々の生活必需品も、衣料品店や雑貨店のおばちゃんたちからの貢ぎ物でまかない、貧乏暮らしではあったものの、金も少なからず貯まっていった。

二十歳となった今では三階建てのビルの屋上にひっそりと佇む2Kの平屋に居を構え、立派に自立している。家はマスターの仲介で見つけたもので、かなり古く簡素な造りではあるが、六畳、四畳半の二部屋に小さな台所、簡易シャワーにトイレまで完備している。ビルの屋上という立地ゆえ真夏の晴れた日などは灼熱地獄だ。しかし住めば都。へんてこな家だが、小さなバルコニーも付いていて、ブーゲンビリアやハイビスカスなどの花が咲くその根城を、洋太郎はいたく気に入っていた。

稲嶺恵子という三歳年上の女性と知り合ったのは二年前、十八歳の頃だ。

出会いは「みどり」だった。

その夜、恵子は「みどり」のカウンターで一人で飲んでいた。しかもかなりのピッチで、明らかに無茶な飲み方だった。なにかいやなことでもあったのだろう。しかし洋太郎は酔った女性を見るのが好きではない。

もう一杯注文したら注意してやろうと思っていた矢先、恵子がナンパ目当ての男に絡まれた。洋太郎は一言も発さず、騒ぎたてる男の右腕の逆を取り、店の外にそのまま放り出した。

洋太郎が扉を閉めると、恵子は潤んだ目で洋太郎を見ていた。

「ありがとう。もう一杯下さい、乾杯しよ」

洋太郎はグラスを差しだす恵子の手を制して言った。

「ウチは酒を出してはいますけどそんな無茶な飲み方をするお客さんには正直出したくないんですよ。女の子は自分で自分を守らなきゃいけないんです、ちゃんと誇りをもって自分を大切にして下さい」

洋太郎にしては硬派な台詞《せりふ》を吐いてしまった。本心ではあるが我ながらかっこよすぎるかな、と思った。

しかし、そんな説教台詞に恵子が惚れた。

以来、二人の交際が始まった。

はじめて素面《しらふ》で会ったときには洋太郎がドギマギする番だった。

恵子の凛《りん》とした表情、清潔感のある服装、物静かな話し方や佇まい。それはあの晩の夜からは想像できない、明らかに洋太郎より年上の大人の女性である。

会話は驚くほど弾まなかった。

「何をしてる人なのか」という情報ぐらいは最初の会話の段階で得ておくものだが、洋太郎の中にはどこか学歴や家庭環境に対するコンプレックスがあったので、自分が語らない代わりに他人にも積極的に聞くことをしなかった。

恵子が琉球大学医学部の学生だという事実を知ったのはそれから半月も後のことだった。しかも恵子の父は、那覇市内でも有名な内科医院の院長だった。

その事実は洋太郎の内に潜むコンプレックスを直撃し、砕き、膨らませた。

もしこれが出会ったばかりの頃だったならば、洋太郎は恵子を避けていたかもしれない。しかし、その頃には洋太郎も恵子に夢中になってしまっていた。洋太郎は無意識の中で、この思いを抱えたまま恵子に対する愛情を積み上げていこうと決意した。こんなちっぽけなコンプレックスなんていずれ吹っ飛ばしてやるさ、という曖昧な期待感で自らをごまかしながら。

恵子の場合はむしろ純粋に、洋太郎の生活力や同世代の男性にない芯の強さ、大らかさに日ごと惹かれていった。付き合っていく中で少しずつ聞いた洋太郎の幼少時代の話も、恵子の心を打った。そうして二人は、深く大きな愛情を育《はぐく》んでいく。

しかしひとつだけ、洋太郎が決して語らなかったことがある。

カオルが本当の妹でないということ。それだけは恵子にさえ語らなかった。

10

魚介類、肉、野菜などの食材が所狭しと並ぶ農連市場では、早朝六時に喧騒のピークを迎える。大小さまざまな売買が執り行われ、活気に満ち溢れている。そんな中、三輪バイクに食材を積み込む洋太郎の姿があった。

いつもの朝、いつもの風景。いつもと違ったのは、朝から元気な洋太郎が、この日はさらに輪をかけて元気で、市場のおばちゃん達からもヨウちゃんどうしたの、と不審がられるほどにニヤついていたことだ。洋太郎は鼻歌交じりでバイクをスタートさせ、狭く坂道の多い路地を満面の笑みで軽快に飛ばす。

居酒屋、食堂、弁当屋。九時にはそれぞれの店への食材配達を終え、洋太郎はいつもより早目の帰り支度を済ませ、浮かれた様子で商店街のアーケードを駆け抜けていった。

「じゃあねえおばぁ。おばぁいつ見ても美人だねえおばぁ！」
「ふん、いつも思ってるなら今日だけ言うな！」
「ヨウちゃん今日はもう終わり？」

「どしたのさぁヨウちゃん、さっぱり散髪して男前さ」

「あの美人の彼女とまたデートかい」

おばちゃんたちから口々に冷やかされながらも喜びを隠せない洋太郎はこらえきれず、しょうがないなあ、という表情でその理由を述べた。

「違うって。妹さぁ。妹が島から出てくるわけさ。こっちの高校受かったからね」

念願の県立高校に合格したカオルが、この日島を出て本島へ渡って来ることになっていたのだ。

「あれ、ヨウちゃん、あんた妹なんかいたの？」

「いるさ、なに言ってるのおばあ、那覇北高校さぁ。俺に似てバッツグンに頭いいんだからさぁ！」

洋太郎が家に戻ると、既に恵子と勇一が待っていた。自動車整備工場が倒産してからも高校を中退してからも勇一との関係は変わらず、もう長い付き合いとなっていた。勇一は一足先に島から届いたカオルの荷物運びを無理矢理手伝わされながら、洋太郎の妹自慢に付き合わされていた。

「おまえに似て？　頭がいい？　よっく言うよォ。定時制でビリだったの誰だよ」

「ビリはおまえだろ」

「おまえが学校やめたから俺がビリになったんじゃねぇか」

「そうだっけか？」

そんな会話を交わしながらも、女好きの勇一は初めて会う洋太郎の妹に興味津々の様子だ。

「なあ、教えろよ。どんな子？　かわいい？　スタイルいい？」

「おまえバカ、そんなわけねえだろ！　ただの田舎もんさぁ。島育ちのガキよ。色なんか真っ黒で男みたいなんだぜ、島の相撲大会でもいっつも一番さぁ。気が強くてたいへんだぜ」

と、口では悪態をついてはいるものの、洋太郎は終始笑顔を隠し切れずにいる。勇一は相撲大会で優勝してしまうというカオルの体格を想像した。

「おまえ、なにニヤついてんだよ！」

洋太郎は勇一の頭をはたいて笑った。

勇一は、ここまで嬉しそうにしている洋太郎の笑顔を見たのは、初めてだったことに気付いた。そのことを洋太郎に伝えると、気のせいだろと笑われたが、どう見ても誰が見ても気のせいではない。

「こんな狭い部屋に来たらこっちだって迷惑だって言ったんだけど、なにしろ田舎もんだからさ。だから高校卒業するぐらいまでは側にいてやんないとねぇ」

洋太郎はそう言いながら、荷物の中にあった赤い模型電車を手に取り、感慨にふけっている。

勇一は、そんな洋太郎の様子を微笑みながら眺める恵子の側に荷物を運び込んでいく。恵子は殺風景なこの家に暮らすことになるカオルのために、カーテンを縫ってきてくれたのだ。黄色地の、花柄のカーテン。黄色が部屋に入っただけで、随分雰囲気が明るくなる。カオルの部屋となる四畳半にそのカーテンを取り付けながら、恵子はそっと勇一に耳打ちした。

「今月に入ってからずっとアレ」

「まじで？」

「よっぽど嬉しいのね」

「みたいだね」

「ヨウタくん、子供の頃に両親と死に別れてるでしょう。たった二人の兄妹だもんね」

「そうなの？」

「しらなかったの？」

「俺聞いてないよ！　島に親いるのかと思ってたさ」

「島のおうちはおばあちゃんちなの。亡くなったお母さんの実家で伯父さんと伯母さんもいてね」

勇一と洋太郎はかれこれ丸五年の付き合いになるが、そう言われてみれば、洋太郎から家族の話を聞いたことがなかったことに気付く。

洋太郎はいつもカラッとしていて明るいが、同時にどこか立ち入れないところがあった。高校を中退するときにも勇一には何の相談もなく、決めたから、とそう言い残してさっさとやめてしまったし、かと思うと突然実家に押しかけてきては、「飲みに行かない、勇ちゃ〜ん」などと言って連れ出し、そのまま一週間ぐらい部屋に居候してしまうようなやつだ。寂しがり屋のようでいて、とてつもなく強い一面ももっている。

就職先の倒産、自ら選んだ道とはいえ高校中退、そんな厳しい場面に何度も遭遇しているはずだったが、洋太郎はいつも明るくたくましかった。

そして勇一も恵子も、そんな洋太郎のことを大好きだった。

「やばい、時間だ、迎えに行かなきゃ」と洋太郎は時計を見ながら立ち上がり、そそくさと支度をする。

「ありがとねケイちゃん、何しろあいつ田舎もんだからよ。道に迷ったら困るしさ。大体島には信号ひとつしかないからさぁ。あいつちゃんと知ってるかな。赤は止まれ、青は進めだって。車にひかれたら大変だもんねぇハハハハハ」

「ケイちゃんて……俺は!?」

「あぁ、勇一お前この後仕事だろ？　早く行け、なにやってんのさこんなところで」

「おまえコノヤロウ！　カオルちゃんのこと、絶対ちゃんと紹介しろよ！」

「やだよ、絶対紹介なんかしねぇ！」

「しろよ」

「やだよ」

気持ちはここにあらず、という素振りで洋太郎は高らかに笑い、船着場へ出かけていった。

洋太郎は、船の到着予定時刻よりも三十分も早く着いてしまった。心を落ち着けるため、港を囲う堤防の先端に立ち、背伸びして海の向こうを眺めている。水平線上にぽつんとできた白い点をじっと見つめた。それが離島からの定期船だと認識してからは更に気持ちが高ぶった。どうにも自分をコントロールできない。洋太郎はいてもたってもいられなくなった。屈伸運動や柔軟体操、スクワットを全力で行い、堤防の端から端までのダッシュをこれまた全力で繰り返した。次は反復横跳びだ、と思ったところで、乗り場の乗船客から発せられる冷ややかな視線に気付き、我に返った。

船は次第に速度を落としながら近付いてくる。洋太郎は呼吸を整えながら、甲板の上に立つひとりの背の高い女性に目を遣った。洋太郎よりも先に気付き、大きく両手を振っている

「兄ィニィ！　兄ィニーィ!!」

洋太郎は島を出てから一度も、成人式を迎えたこの年でさえ島には帰らずに、ただがむしゃらに働き続けた。

二カ月前にカオルが受験で出てきた際は、学校の先生が同伴してくれていて、本島にある高校を受験する生徒は那覇にある青年会館に一泊し、合宿という形で入試に臨んでいた。

合宿は強制ではなく、本島に親類縁者がいる生徒は通いの許可も出ていたのだが、洋太郎がそれを拒絶した。はじめカオルは不満顔だった。しかし洋太郎は、カオルに

万全の態勢で試験に臨んでもらいたいと思っていた。

大事な受験の前日なんだから、集中してゆっくり休んでおけ、合格すればいつだって会えるんだから、春になっておまえがこっちに出てくるのを楽しみに待ってるから、という約束を交わし、不安そうなカオルを勇気づけていた。

そうしてカオルは沖縄でも有数の進学校に合格した。

この日は、兄妹で待ちに待った再会の瞬間を迎えたというわけだ。実に五年ぶりである。

洋太郎は呆気《あっけ》に取られていた。手を振られただけでは一瞬誰だかわからなかったのだ。

頭の中に残るカオルの映像と今まさに目の当たりにしているこの光景、「兄ィニィ」と叫ぶ声、その三つを無理矢理リンクさせ、ようやくカオルのことを判別した。

カオルは船から一番乗りで降りてきて洋太郎に無邪気に抱きついてきた。洋太郎は棒のように固まってフラフラすることしかできない。十歳の頃から端正になりだした顔つきにはますます磨きがかかり、透明感のある美しさを備えている。身長も信じられないほど伸び、体つきは十五歳にして大人の女性そのものだ。

洋太郎の頭の中では、なぜかカオルと初めて出会った、ジャズクラブの薄暗い小部屋での光景がフラッシュバックしている。赤く美しいキラキラの背後から現れた、小さくて綺麗で人形のような女の子。大きな目とピンク色の頬、クルクルとまいた髪。白いワンピースに小さな赤い靴。

「なんでね兄ィニィ」

声を掛けられ、我に返った洋太郎が発した第一声がこれだ。

「……デカっ」

いくら妹だとはいえ、あまりにもデリカシーのない言葉。洋太郎はハッとし、恐る恐る付け加えた。

「おまえ、背伸びたんじゃないか？」

当たり前である。

「うん、少しね」

「少しじゃないさぁ、すんげぇデカくなってるぞ」

「兄ィニィ、バッカじゃないの？ 当たり前さ、五年も会ってなかったんだからさぁ」

そう笑いながらカオルは履いているサンダルのヒールを指す。

「目もデカくなってる、色も白い」

「へへ、ちょっと化粧してみたの。きれい？」

「高校生だろ！」

「いいさ、春休みだよ」

「制服は」

「船で制服なんて着てられないよぉ。五時間も乗ってきたんだよ」

「なんでそんな派手な服もってんだ」

「試験の後に国際通りの三越で買った。こんなの一回着てみたかったんだぁ」

洋太郎の口をついて出てくるのは、まるで父親のような言葉ばかりだ。

考えてみれば十歳から十五歳といえば、子供が大人になるために大変貌を遂げていく時期である。洋太郎の驚きももっともだが、当のカオルは怪訝そうに兄の顔を覗き込んでいる。

「兄ィニィ、怒ってんの」

「怒ってないよ」

「あ、怒ってる」

「怒ってないって」

「兄ィニィさあ」

「何」

「背、縮んだんじゃない？」

洋太郎は、そう言ってケラケラ笑うカオルの頭をはたき、行くぞ、と声を掛けた。

「なにさ〜、せっかくの感動の対面だったのにい〜。あ、ねぇねぇ、チュウする？　再会のチュウ。外人さんみたいに」

「バッ……」

「あー、赤くなってる！　なーんだかわいい、兄ィニィってば！　あ、そうだ、おばあちゃんからクバ餅預かってきたんだよ。兄ィニィに食べさしてって。懐かしいでしょ」


かくして、洋太郎が頭の中に思い描いていた、〝島から出てきたいたいけな妹を優しく出迎える頼もしい兄〟という構図は、儚《はかな》くも打ち破られた。むしろ二人はどこから見ても〝都会から遊びに来たお洒落《しやれ》ガールと地元のどんくさいお兄ちゃんカップル〟だった。

「うわぁ、素敵なお家《うち》だねぇ」

三階建てのビルの階段を上がり、屋上に建つ家を見たカオルは、きゃー、ボロだ、とか、家の裏手にあるビルの貯水タンクを見上げては、ねぇねぇ何これ、とか、ひとつひとつバンバン叩きながら確かめている。


恵子が綺麗に拭き掃除までしてくれていたようで、いつも埃《ほこり》まみれで汚かった部屋が、少しは見違えるようになった。寝室として使っていた四畳半がこれからはカオルの部屋となり、六畳間を茶の間兼洋太郎の部屋として使うことになる。

洋太郎がカオルのために夕飯を用意しようと、慣れた手つきで美登里直伝《じきでん》のチャンプルーを作っていると、シャワールームから悲鳴のような大声が響き渡ってきた。

何事かと慌てて駆け寄ると、バスタオルを胸に巻き、裸同然の格好でカオルが飛び出してくる。

「水！　止まらんよ！　こわれてるよコレー！」

洋太郎は一瞬その姿に目を奪われそうになったが、カオルの指す方を見ると、シャワーの水がものすごい勢いで溢れ出している。

「え！　あ。だから。ちょっとどけ！」

早速〝デストロイヤー〟の本領発揮である。洋太郎は、またかよ、という慣れた感覚でカオルに破壊されたシャワールームの修繕にとりかかったが、これも五年ぶりの出来事だ。違うのは、後ろに立って洋太郎の様子を眺める妹のその姿。どぎまぎしながら古い栓を力任せにひねり、数分の格闘の末、ようやく水を止めることに成功した。

「ふー。死ぬかと思った……うわ、なんねぇ兄ィニィ、その頭。カッパみたいさぁ」

バスタオルを巻いたままのカオルは当時と同様他人事《ひとごと》のようにそう言うと、洋太郎のびしょ濡れの頭を見て笑い転げた。

「……早く服着ろ」

カオルとまた一緒に暮らせるんだ、と喜びの感情ばかりに支配されていた洋太郎は、このような事態を全く予想していなかった。高校生となる十五歳のカオル。彼女がこんなに大人になっていたなんて。

しかし厄介なことに、カオル本人にはその自覚が全くない。タンクトップに短パンという無防備な姿で家の中を物色するカオルを尻目に、洋太郎は視線を合わせないように黙々と食事を運んでいた。

「ねえ。このカーテン兄ィニィが選んでくれたの？」

「……え。なんでよ？」

「なあんか、かわいすぎっていうか、子供っぽいっていうか。いくらなんでも趣味悪くない？」

遠慮ないダメ出しに対し、それはオレの彼女がおまえのために一生懸命作ってきてくれたんだぞ、ということも言えず、ベッドに上がったり下りたりしているカオルのむきだしの脚から視線を逸《そ》らしながら、カーテンのことにはそれ以上触れまいと話題を転換した。

「カオル」

「何？」

「そんな格好で歩き回るな」

「なんで？」

「女の子だろ……いいから早く手伝え」

「ふーん……」

「何？」

「あーあ。兄ィニィがこんな口うるさいオジサンになってるとはね」

「オジサン!?　俺まだハタチだぜ」

「ハタチ過ぎたらみんなオジサンさ。キャー!!」

「何!!」

「おいしいコレ。すっごいおいしい!」

人の話を全然聞いてない、というところも変わっていない。食事を運ぶふりして台所でつまみ食いしてやがる。洋太郎としてはもっときちんと食べてもらって、きちんとした感想を聞きたかったのだが、しかしそうやっておいしい、といってチャンプルーを頬張っているカオルの姿を見て、まんざらでもない気分だった。

「何のために調理師免許持ってると思ってんだ」

「そうだ、兄ィニィ、将来店出すってほんと?」

「ああ」

「冗談かと思ってた」

「俺は、やるって言ったことはやるわけよ。計画だって着々と進行中さぁ」

「へえ」

また聞いていない。つまみ食いで皿の上の料理を平らげてしまいそうな勢いだ。

洋太郎が頭の中で用意周到に張り巡らせていた、どの構想も実はひとつとしてうまくいっていなかった。

この日の夜は幾分風が強く、ボロの平屋をカタカタ揺らしている。

「兄ィニィ、やっとまた一緒に暮らせるんだね……長かった」

ベッドに横たわって興奮して眠れなさそうにしているカオルは、隣室で眠る洋太郎にそう話しかけた。

「淋しかったか」

「淋しくはないさぁ。みんな優しかったから寂しくなんかなかったけどさ。ねえ兄ィニィ、そっち行っていい？」

「ダメだよ、何言ってんだバカか、狭いしさ……あ、おまえ風の音が怖いんだろ」

「ちがうよ」

「へっへ〜、相変わらずだなおまえ」

「ちがうけどさ！　いいでしょ！　久しぶりだしさぁ。話したいことといっぱいあるんだよ！　今日だけだよ今日だけ」

と、有無を言わさずどんどん布団を引きずり、洋太郎の横にごろん、と寝転ぶ。そして幼い頃いつもそうしていたように、カオルは洋太郎の方へ手を伸ばしてつなごうとしたが、やめた。

「なつかしいねー。ばあちゃん寂しがってたよ、兄ィニィ全然島に戻ってこないしさぁ」

「色々忙しかったのさぁ」

「高校も勝手にやめちゃうし」

「あー」

それからこの五年間の島での出来事を語るカオルの声に相づちを打ちながら、洋太郎は開け放たれた窓の向こうにある夜空を眺め、聞き入っていた。

島のミトや伯父夫婦の近況、隣に住んでいたミィちゃんがやっと結婚したこと、旦那が八つも年下の美男子だということ、女好きのヤスおじいに彼女ができたこと、島に携帯電話が通じるようになったこと、本島の子供たちから島のおばあたちに便利だからといって携帯電話がどっさり送られてきたこと。

「だけどおばぁたち使い方わかんなくてさぁ、〝おかしいね、ドコモカシコモ通じるって聞いたのにねぇ〟って！　ほんとだよ！　ほんとにそう言ったんだから」

嬉しそうに話しながらもいつの間にか寝息を立てだしたカオルの向こうで、黄色いカーテンが風に揺れている。洋太郎が眺めるその寝顔にはやはりまだ幼さが残っており、額の端には三歳のときに負った四針の傷跡が見え隠れしている。その傷を見て思い出すのは母が死の間際に遺した言葉。

「どんなことがあっても、カオルを守ってあげるのよ」――

十一歳の洋太郎に焼き付き、以後の彼を突き動かす原動力となり続けている言葉だった。


カオルは次第に強まる風の音を聴きながら眠り、夢を見ていた。

母が亡くなって島に渡ったその晩、〝死〟というものがわからず怖くなり、宜野湾に帰ろうとして祖母の家を飛び出したときのこと。風雨の強い真っ暗な闇夜の中、カオルは険しい道をくぐり抜け、島の端にある岬の先端に出て、帰り道がわからなくなり絶望に包まれて座り込んでしまっていた。

兄ィニィの叫び声は、闇に落ちる寸前のギリギリの淵からわたしを連れ戻してくれた。そして力強く抱きしめてくれた。

どうしてあのとき、兄ィニィはわたしがあそこにいるってわかったんだろう。

カオルは何度かその疑問を洋太郎にぶつけたことがあったが、洋太郎はカオルを見つけたところまでの記憶がないという。ただ、カオルが泣いている気がしたんだ、と。無我夢中だったんだろう、と。

　翌朝、食材配達の仕事を終えて洋太郎が帰ってくると、カオルは庭にある小さなバルコニーの手入れをしていた。ブーゲンビリアの木は放っておいても勝手に伸びて花を咲かせてくれるので、特に手入れとか世話とかそういうことをした覚えもなかった。引っ越してきたときからそこにあった鉢やプランターの中では土がカラカラに固まっていて、そこに生えていた植物か雑草のようなものが朽ち果てている。カオルはそれらを丁寧に整理し、バルコニーはちょっとした庭園に生まれ変わった。

「へぇ、なかなかやるな」

「こういうことやりたかったんだ」

「今日はこれで仕事終わりだからどっかドライブに行かないか」

「いいねぇ。行く、行く！」

　カオルは無邪気に喜んだ。


「兄ィニィ見て見て！　すっごーい！　さすが都会は人がいっぱいいるね。これだけで島の人全員ぐらいいるんじゃない？」

「兄ィニィと二人でドライブなんてさ、生まれて初めてだね」

カオルは本島の景色に目をクルクルさせてはしゃいでいる。それに対し、洋太郎はうん、とか、ああ、とかそっけない応答しかできず、なぜか少し緊張している様子だ。

「なんでね兄ィニィ、具合でも悪いの」

いや、と言ったところで車はスピードを落とし、ゆっくりと路肩に停まった。

洋太郎が車を降り、スッと手を上げると、その視線の先に清楚な美女が現れる。稲嶺恵子だ。

「おまえにカーテンをプレゼントしてくれた人。ケイちゃん」

洋太郎に紹介された恵子は微笑んで会釈した。

カオルは助手席から顔を出したままの状態で固まり、大きな目だけがキョロキョロと恵子と洋太郎を交互に追っている。腕組みをし、照れて恥ずかしそうにしている洋太郎は「まぁ、そういうことだ」とストレートに説明はしないが、この日は交際相手の恵子に会わせようとカオルを連れ出したのだ。カオルは内心ショックを受けていたが、次の瞬間勢いよく車から飛び降りて自己紹介を始めた。

「こんにちは！　あのっ、妹のカオルです」

「はじめまして。稲嶺恵子です」

「カオルです。新垣カオルです！　あっ、カーテン、とってもかわいいのありがとうございました！　いいですよね、黄色」

何度も頭を下げ、「もうやだー！　なんで早く言ってくれないのさぁ」と洋太郎に対してもお辞儀をしながら、手を叩いて意味なく笑ったりしている。

「……何笑ってんだ」


三人を乗せた車はそのまま国道58号線を北上し、北谷町《ちゃたんちょう》にあるアメリカンビレッジへ向かっている。助手席に恵子が座り、カオルは後部座席から二人の間に頭を出し、恵子のことを、二人のことを、根掘り葉掘り聞いてきた。

「うそ！　恵子さん琉球大の医学部なんですか!?　すごい!!」

「そうだよ、なぁケイちゃん。おまえ、勉強でわからないことあったら何でも聞け」

「なんで兄ィニィがえばってるわけ？」

「わたしでよかったら、どうぞ」

「はいっ！　よろしくお願いします。だけど兄ィニィ。どうやってこんなに美人で頭のいい彼女見つけたの!?」

「そりゃあアレさ、実力さぁ。俺の男としての魅力」

「ねえ恵子さん何があったんですか？　どこでナンパされたの？」

「聞いてねえよこいつ……」

そこでふと会話が止み、車内に微妙な間ができてしまった。恵子は隣の洋太郎と右背後にいるカオルから視線を感じて何事かと思ったが、二人とも押し黙っていて、なんだかくすぐったい。

「え、どうしたの？」と言葉が口をついて出ようとしたその時、兄妹の視線が自分ではなく、自分の向こうにある窓の景色に向いていることに気付いた。普天間基地を右手にし、二人は左前方に見え隠れする海岸線方面に視線を送っている。宜野湾の海だ。

二人がかつてこの場所で母と暮らしていた頃のことを思い出していることは、恵子にもすぐに理解できた。そして、それが決して楽しい思い出ばかりではないことも。兄妹だけの共通の思い出。二人の中にある小さな歴史。恵子も向き直して同じ方向を眺めながら、複雑な環境に育った二人だけの、普通の兄妹にはない強い絆のようなものを感じ取っていた。

北谷町美浜にあるアメリカンビレッジは基地跡地を利用した広大な敷地に建ち、大小様々なレストランやショップ、映画館やライブハウスなどから成る複合施設である。建設計画が発表された頃には、景観を損ねるという理由から反対も多かったのだが、今では若者を中心に人気のスポットとなっている。三人はサンセットビーチに面したカフェに入り、車内で途切れてしまった話を何事もなかったかのように続けていた。

「そうそう恵子さん、どこで兄ィニィに引っ掛けられたんですか？」

「だから人聞きの悪いこと言うなってば」

恵子は上品な女性だ。背筋をピンと伸ばして椅子に腰掛け、両手は揃えて膝の上、笑うときも口元に手を添えて、うふふ、という風に笑う。「ヨウタくん、言ってもいい？」「別にいいけど」というやり取りの中に漂う恋人同士の親密さにカオルはやや複雑な思いを抱《いだ》きながら、二人の馴《な》れ初《そ》めに耳を傾けていた。

「私が飲んで酔っ払って男の子にナンパされそうになったのをね。お兄ちゃんに助けてもらったの」

「恵子さんが？」

「ちょっとね、色々あって。イライラしてたの。その時、お店で働いてた〝お兄ちゃん〟にガツンと説教されて」

「なんて⁉」

「女の子は、自分で自分を守らないといけない、って。ちゃんと誇りをもって自分を大切にしろ、って」

伏目がちに照れ臭そうな顔をしている洋太郎を横目に、カオルは恵子に顔を近付け、「偉そうですね」と耳打ちした。もちろん洋太郎に聞こえるように。恵子も嬉しそうに答える。

「そうなの。偉そうだったの。ね、〝兄ィニィ〟」

「ちょっと、ケイちゃんまで兄ィニィって言うなよ！　ってか年上でしょ、アナタの方が」

「あ、気にしてること言った！」

「もぅ。そういうところがダメなんだよ兄ィニィは！　すいませんね、こんな兄で」

「……おまえが言うな」


カフェを出るとカオルが観覧車に乗りたい、三人で乗ろう、と言ってきた。しかし極度の高所恐怖症である洋太郎は「ムリムリムリムリムリ、絶対これだけはほんっとムリ、死んでもムリ」と怯《おび》えて後ずさりしながらパスし、俺たち見てるからおまえ一人で行ってこいよ、と、料金だけ渡すと近くのベンチに座り込んでしまった。

カオルは恵子と協力して無理矢理にでも引っ張って行ってやろうかと思ったが、ちょっとは二人きりにしてあげなきゃという気持ちが頭をもたげ、「兄ィニィのけち、へなちょこ！」と悪態をつきながら一人で観覧車へ向かって行った。

「明るいのね、カオルちゃんて」

「子供なだけさぁ、島には娯楽がないからさぁ。興奮してんだきっと」

カオルは観覧車に乗り込み、行ってきまーす、と手を振っている。微笑んで手を振り返しながら、恵子はポツリと言った。

「それだけじゃないと思うな」

「……え」

「やっとお兄ちゃんと一緒に暮らせて、嬉しいのよ。ヨウタくんだってそうなんじゃない？」

「んー？」

恵子はさり気なくいつものように洋太郎に腕を絡ませながら、小声で耳打ちしてきた。

「でもこれからヨウタくんのお部屋、泊まれなくなっちゃうね」

水平線に沈む夕日は、昼間の太陽のように全てを照らし出すのではなく、輝く自らと周囲の空以外の全てをシルエットにして浮かび上がらせる。洋太郎に寄り添う恵子。その二人のシルエットをカオルは上空からぼんやりと眺めていた。

カオルが本島に出てきてから高校が始まるまでの三日間、洋太郎は「みどり」の仕事を休ませてもらっていた。連休なんてこれまでの約三年半の間一度もとったことがなかったが、それは洋太郎が望んだからである。休みの申請を申し訳なさそうにする洋太郎に対し、マスターは笑いをこらえながら、よし、じゃあそのカオルちゃんの歓迎会を店でしよう、それならオッケーだ、と、カオルを一目見たい一心でそのような交換条件を提示していたのだった。

三人が店に着くと、先に来ていた勇一が既にマスターや美登里とわいわいやっている。カオルとの初の対面にそれぞれが緊張し、それぞれがどこか浮ついている。洋太郎が「お疲れ様でーす」と声を掛けて入っていくと、三人の視線が一斉にドアに集中し、止まった。軽く会釈をして入ってくる恵子に続き、カオルがうわぁ、と言いながら入ってきた。

「マスター、美登里さん。妹の……ほら、自分で自己紹介しろ」

「カオルです！　兄がいつもお世話になってます。よろしくお願いします」

美登里が「あらまあかわいい子だね。よく来たね、ゆっくりしていってね」と笑顔で席に誘導する中、マスターと勇一は予想以上のカオルの美しさに驚いてしまい、気持ちの悪い笑みを浮かべながら手を振ったりお辞儀したりしている。洋太郎はいつもの流れで調理場に入り、勇一に「なーにおまえが緊張してんのさ」と声を掛けたが、美登里から「ヨウちゃん、あんた今日はそっちじゃないよ、言ってたでしょう」と用意してある席に手招きされ、ハッとした。やはりこの日一日は洋太郎もかなり緊張していたのだ。

「ヨウタ、おまえ嘘ついたな」

勇一がそう言って顔を寄せてきた。

「何がよ」

「どこが横綱だよおまえ、カオルちゃん……！　かわいくてスタイルいいし」

マスターも腕組みして、感心したように頷いている。洋太郎は「ばっかじゃねぇの、ほらこれ回して」とまんざらでもない顔で、準備した人数分の熱いおしぼりを勇一の顔面に押し付けた。

洋太郎にとって一番身近で大切な人たち。本島に出てきてからの五年間で積み上げ、築き上げてきたつながり。それをカオルに知ってほしかった。

その光景の中にカオルがいて、祝福を受けている。少しの違和感はあれども、それは安心感に似ていて、洋太郎の内側を温かく満たしてくれた。

「それがさあ。おっそろしく変な模様なのさぁ。なーんかデカくてジイちゃんが穿くみたいなさあ。で、問い詰めたら、それも市場のおばぁにもらったって。信じられる？」

テーブルでは勇一が中心になって洋太郎のことをあれこれ話していて、カオルが「パンツ？」と笑いながら喉を詰まらせている。勇一は「ほんとほんと！　なあケイちゃん！」と確認を取ると、恵子が笑いながらうなずくのを見て、「あ、やっぱ見たことあるなケイちゃん、ヨウタのそのパンツ！」と稚拙な誘導尋問を成功させ、笑いをとっていた。

「また何かよからぬこと話してんだろ勇一」

洋太郎が店の奥から料理を運んできて、恵子がいたずらっぽく笑って切り出したところから暴露大会が始まる。

「お店出すために、お兄ちゃん節約してお金貯めて、偉いねって話よ。ねえ、美登里さん」

「うんうん、食費浮かすためにウチの残り物は全部持ってくとか、市場のオバァたちにモヤシからパンツまでもらってるから生活費ほとんどかかってないとか。そんな話全然してないよ。ね！　勇ちゃん」

「あの車はウチの整備工場からタダ同然で持ってってたとか。あそこの家だって実は物置で使われてたのを自分で改造して三千円で借りてるとか、紹介したマスターだって冗談半分だったのにとか！　言ってないよねマスター」

「ウン。全然言ってないなそんなこと。なあ恵子ちゃん」

「あはは、もうおっかしい！　それから、あのベッドは小学校の取り壊しの時、保健室から夜中にこっそり運び出したなんて話もしてないわよね」

それは洋太郎と恵子しか知らない話で、そこで一瞬会話が途切れ、恵子がしまった、という顔をしたところで一同から笑いが起こる。洋太郎も開き直って笑っている。

「だっけど、やっぱ兄妹だね。笑い顔なんかそっくり！　同じ顔して笑ってるよあんたたち」

美登里が言う。血はつながっていないが、他人にはそう見えるのか、と素直に嬉しく思った洋太郎だったが、カオルからは「ええ？　ほんとですか？　いやだなあ」と拒否され、またそこで店内に笑い声が響いた。

「亀岡さんごめんなさいね、うるさくて。お代わり作りましょうか？」

美登里はカウンターの奥に座っている、亀岡といういかにも人の良さそうな五十代前半ぐらいの男に向かって話し掛けた。

亀岡は衣料品の卸業者で、市場に出入りしている。人あたりもよく親切で、市場のおばちゃんたちからの信頼も厚い。「みどり」にはちょくちょく立ち寄っていつも一人で物静かに酒を飲んでいるのだが、この日はいやでも聞こえてしまうその会話につられ笑いしながら、「うん、じゃもう一杯」とグラスを差し出した。それを洋太郎が受け取って酒を作っているところに、気分が良かったのか、初めて亀岡の方から話し掛けてきた。

「兄さん、午前中市場で配達してる人だよね」

「はい」

「そうかあ、で、夜はいつもここで働いてるのかぁ。大変だなあ、頑張ってるねえ」

「いえいえいえ」

「店出したいんだって？　偉いねえ若いのに」

「別に偉くなんかないすよ」

「そうですよ。ほんとに店出してから偉いって言ってやってください！」

酒を運ぶ洋太郎の横から身を乗り出すように、カオルが急に割って入る。洋太郎は真顔でカオルの額をペシッと叩いてツッコミを入れた。

「いた〜っ!!　何すんの兄ィニィ。これ以上私のこと傷ものにしないで！」

「傷ものって。大げさだなぁ」

「恵子さん見て下さいよコレ。小さい時兄ィニィに階段から落とされたんですよ、ひどいでしょ。四針も縫ったの」

「あ。ほんと痛そう」

「何言ってんだ。自分で勝手に転んだんだろうがよ」

「違うよ。兄ィニィが追いかけて来たんでしょ」

「おまえ覚えてんのか？」

「んっと。覚えてないけど。覚えてるよ！」

「何だそりゃ」

「痛かったのは覚えてるってこと」

「執念深いなあ」

「執念深いよぉ兄ィニィに似て！……ぷわっ何これ泡盛！」

「バッカなにしてんだ。もう！」

目の前のグラスを確認もせず勢いよく飲み干してしまい、泡盛にむせるカオルと、カオルの背中をさする洋太郎。その兄妹のやり取りを恵子は笑いながら見ていたが、同時に決して自分には立ち入れない、兄妹だけの境界線があることに気付き、ふと、嫉妬に似た感情を覚えてしまうのだった。

洋太郎は一旦家まで戻るとカオルだけを降ろし、その足で恵子を家まで送っていった。

カオルは窓から見える三日月を眺めながら、真新しい高校の制服をハンガーにかけ、質素なその家の中を見渡した。パンツや車やベッドだけじゃない。冷蔵庫も棚も卓袱《ちゃぶ》台《だい》もソファも机もテレビも、窓とのサイズが全く合っていない寸足らずなブラインドも、見上げると風でカタカタ震えているツギハギだらけのトタン屋根も全部だ。新しいものは恵子がプレゼントしてくれた黄色い花柄のカーテンと、高校の制服だけ。心底感服して物思いにふけりながら、棚の中にある一冊のアルバムを手に取って開いた。

そこには、子供の頃からのカオルと洋太郎の写真が貼られている。最初のページには写真を剝がした跡が残っていた。

「兄ィニィ、私、高校生になるよ」

平成十三年度那覇北高校入学式。

新入生入場の際に背の高さで一際目立っていたカオルに対し、父兄席に座る洋太郎も負けじと目立っていた。慣れないスーツ姿で最前列ど真ん中に陣取り、式の間中、ずっと鼻をつまんだままでそわそわしながら天井を見上げたりしゃがみ込んだりしている。隣の父兄に「風邪ですか？」と聞かれたほどだ。もちろん風邪でも花粉症でもない。

あの小さなカオルが、県内で一番優秀な高校に入学したことに感動し、涙が出そうだったのだ。

こんなことぐらいで泣くまいと思いながら、母のこと、初めて島に渡った日の心細そうなカオルのことなどを思い出すと、胸がいっぱいになってしまってどうにも堪えきれなかった。

11

こうして洋太郎とカオル、二人の暮らしが始まった。

カオルが本島に出てきた当日は込み上げる喜びを抑えきれずにいた洋太郎だったが、実生活が始まると、やはり様々な問題が浮上してくる。風呂上がりには相変わらず裸同然の格好で歩き回るわ、寝相が悪くて毎晩のようにベッドから転落するわ、下着は平気で部屋の中に干すわの傍若無人ぶり。それから目覚まし時計が一つ壊れ、玄関のドアの立て付けが悪くなった。いちいち注意するとオジサン呼ばわりされるし、なんだか恵子にも相談しにくいし、逆に少々ブルーになったほどだ。

だがしかし、やはり今までの男一人の暮らしとは違って二人の生活は楽しいもので、カオルがいるだけで家の中がパッと明るくなったのも確かである。

入学式の翌日から通常業務に戻った洋太郎はさらに三十分早起きするようになり、毎日カオルの弁当を作ってから市場に出かけるようになった。

仕事が休みの日はこれまでほとんど恵子と二人きりで過ごしていた洋太郎だったが、

カオルが来てからしばらくの間は本島の案内も兼ね、よく三人でドライブに出かけた。また時々その輪に勇一が加わり、浜辺でバーベキューをしたり花火をしたりして過ごす日もあった。

カオルは最初二人の間に入ることを遠慮したが、恵子が望んで誘ってくれて、なんなら洋太郎を置いて遊びに行ってしまいそうな勢いだったので、「じゃあ、お邪魔します」という形で恵子に甘え、次第に打ち解けていった。

恵子からしてみればカオルのこと、兄妹の絆のことを少しでも理解したい一心だったのだろう。彼女は、裕福な家庭に育った、いわゆる〝お嬢さん〟だった。両親の愛にも恵まれ、これといった苦労をしたこともない。洋太郎との間にある様々なギャップのようなものによって、これまで些細《ささい》なことで距離を感じてしまうことが度々あった。

三歳年上だということもある。洋太郎は高校中退で、自分は大学生だということもある。家族のこともそうだ。恵子はどうしてもそのようなことを一切口にしないよう気を使ってしまうのだ。そういう気の使い方が、互いの傷を少しずつ深めあっているとも気がつかずに。

　カオルが本島に来る少し前に、こんなことがあった。

　恵子が当日になってデートをドタキャンしてきたのだ。

　洋太郎が理由を聞いても、なかなかはっきり答えない。よくよく訊《たず》ねると、提出するはずのレポートが間に合わず、今夜中に仕上げなければならないという。

「勉強なら仕方がないさぁ。隠すことないのに」

「別に隠したわけじゃないけど」

「大変だね。医学生は」

「来年は五年生だしね」

「時間かかりそうなの？」

「今夜はたぶん研究室で徹夜」

「がんばって」

「うん」

　そう言って電話を切ったものの、やりきれない思いが洋太郎の心をよぎる。別に自分の休みに合わせて無理にデートする必要もないし、勉強ならはっきりそう言ってくれればいいのに、と。

　会えないんだったらせめて、と、恵子に差し入れを持って行こうと思いつき、彼女の好きなチョコレートや市場の惣菜を袋に詰め、高台にある琉球大学病院へ車を走らせた。

「ケイちゃん今近くまで来てるんだけど。ちょっとだけ顔出してもいいかな」

学校の近くにさしかかった洋太郎は、恵子の携帯に電話をかけた。

「うん……。ありがとう。……うん。東棟の研究室。あ、わからないと困るから、私がそっち行く。今どこ？」

恵子の声は、いつもと少し違って戸惑っているような気がした。洋太郎は恵子に指定された正門の前でしばらくの間キョロキョロしながら立っていたが、恵子はなかなか現れない。場所を間違えたかな、と、恵子の研究室のある東棟に向かっていると、夜だというのに大学構内にはまだ沢山の学生が残っていた。白衣を着て、カタカナの医学用語を話しながらすれ違う彼らは、そんなに年も変わらないのに別世界の住人のように思えた。

そのまましばらく歩いて行くと、遠くに恵子の姿を発見した。彼女は途中で担当の教授につかまったらしく、白衣を着て立ち話をしていた。何やら難しそうな顔で本とノートを照らし合わせながら話している。

その姿を見て洋太郎は立ち尽くした。恵子もまた普段とは違う、洋太郎の知らない恵子で、まるで別人のように見えてしまったのだ。それは既に医師の顔だった。

ふと、洋太郎に気付き、顔を上げて恵子が微笑みかけてくる。その笑顔は優しかったが、いつも近くにあって触れられるそれからはとても遠いものに思えた。

「はい、これ。がんばれよ」

そう言うのが精一杯で、洋太郎はシワシワの白いビニール袋に入った差し入れを渡すと、すぐさま踵《きびす》を返した。自分の場違いさを感じ取り、存在を真っ向から否定されているような気がして、動揺していたのだ。恵子も洋太郎の動揺を感じ取ってしまい、まともにお礼も言えず、黙ってその背中を見送ることしかできない自分に腹が立っていた。

洋太郎にいつかこんな思いをさせてしまうのではないかとずっと恐れていたし、なぜ電話がかかってきたときに断らなかったのかと激しく後悔していた。

帰りの駐車場で、洋太郎は自分のオンボロ中古車の隣に高級外車が停まっていることに気付く。学生の車なのか、職員の車なのか。どちらにしろ自分は一生関わることのない、手の届きようのない車だ、というさもしい感情が芽生えたことにまた気分が滅《めい》入り、どんよりとした負の感情に苛まれながら帰路に着くこととなってしまった。

そのことがあって以来、恵子は自分の生活領域に洋太郎を決して近付けようとしなくなった。洋太郎のことを傷つけないように、あらゆる言動にも気を配った。全ては洋太郎への愛ゆえの行動であり優しさだったが、裏を返せば、それ以上この問題と対《たい》峙《じ》せずに済ませるための一番簡単で残酷な方法でもある。相容れぬ過去を持つ者同士が相容れぬまま、気付かないふりをしてやり過ごすことを望んでいたのだ。

二人は足りないつながりを補おうとしたのか、隔たりを埋めようとしたのか、以前にも増して互いの体を求め合うようになっていった。

カオルが来てからは、洋太郎の部屋で二人きりになって一晩過ごすようなこともなくなったが、カオルや勇一と一緒に休日を過ごした後も、洋太郎は必ず恵子を家まで送って行くようにしている。

みんなでいるときには決して出さないが、二人きりになった途端に芽生える感情があった。それは寂しさに似ていた。

三人で遊んだその日の帰り道、二人は人気《ひとけ》のない道端に車を停めて強く抱き合った。洋太郎は何かから逃げるように。恵子は全てを洋太郎に委ねるように。唇と指先と体を重ね合わせて通い合うその温もりだけが、二人にとっての唯一の現実だったのかもしれない。

家に帰るとテレビを見てゲラゲラ笑っているカオルがいた。

いつもそうだ。そんなカオルの姿を見ると、全てがバカらしく、どうでもよくなる。カオルとの間には、触れずとも通い合う温もりがある。それが兄妹愛ということなのか、また違う感情なのか、洋太郎にはわからない。そんなことでさえどうでもよくなってしまう。

「くだらないことで笑ってんじゃないよ！　勉強しなくていいのか。試験前だろ」

「だって兄ィニィ。もうダメ、これツボ。とまんない、苦し〜。あーダメ背中たたいて、お願い」

カオルは子供の頃からなぜか笑いだすと止まらなくなり、背中が痛くなるのだ。

「アホかおまえは」

カオルの背中をポンポン叩きながら、やはりホッとしている自分に安心した。

12

それから一年と少し経った、二〇〇二年夏。

けたたましい蟬《せみ》の鳴き声の中、洋太郎は国際通りの一角にある、小さな空き店舗を自ら改装していた。周囲にはカナヅチの音が鳴り響いている。頭にタオルを巻き、流れる汗を拭《ぬぐ》おうともせず没頭する洋太郎の背後に、一人の男が現れた。亀岡だ。

前年の春に「みどり」で初めて話して以来、亀岡はたまに来店すると、洋太郎によく話しかけるようになった。

通常は無口で静かに酒を飲むタイプだったので、意外な気がしたが、会話を重ねるうちに、亀岡は熱く、面倒見のいい人間だということがわかるようになった。打ち解けた洋太郎は必死に自分の夢を語った。ささやかな飲食店を自分の手で開くこと。それが亡き母に対する自分の中での約束であること。そして、これまでコツコツ貯金してきたこと。

亀岡は熱心に聞いてくれた。そして洋太郎の気持ちに共感してくれた。市場の中でも顔が広く、独自の情報網を持っていた彼は、店を出すのに役立つ色々な情報を少しずつ提供してくれた。洋太郎の、今時の若者にはないその野望と行動力に是非協力したいのだという。

「頑張ってるね」

「あ、亀岡さん」

「へえ。いい感じになりそうだなぁ」

「おかげさまで。あ、これ例の書類、忘れないうちに」

「はい。確かに」

「すいません、何から何まで」

「いやいや。俺だって感慨深いよ。いよいよって感じだなぁ」

　この店の情報も亀岡が仕入れてきてくれた。十坪ほどの小さな店だが、立地条件としては悪くない。亀岡の口利きで安く権利が手に入る上に、準備金を含めて全部で三〇〇万で店を出せるよう取り計らってくれるのだという。

　洋太郎は恐縮したが、その借りはオープンしてから返してくれればいい、洋太郎くんのチャンプルーは今じゃ美登里さんにだって負けないし、何よりあのタコライスが絶品だ、間違いないと、亀岡は熱く語った。

　洋太郎の想いも日増しに熱くなっている。じゃあ、亀岡さん価格の裏メニュー表作らなきゃ、という約束で洋太郎は自分でできる限りの開店準備を進め、亀岡は、わずらわしい書類手続きや資金調達面でのサポートをしてくれた。

洋太郎のこの時点での貯金は一五〇万。必要な資金の半分だ。しかし多少無理してでも今ここで店を持つことができれば、一人前になれる。調理師免許も持っているだけでは何の役にも立たない。亀岡を通して市場に人脈もできたし、このまたとないチャンスを逃すわけにはいかない。念願のタコライス屋。洋太郎は出店を決意した。

その話を聞いた恵子は心配そうな素振りを見せて言った。

「別に今無理してお店を持たなくてもいいんじゃやない？　カオルちゃんの学費や生活費だって、これからまだまだかかるんでしょう？」

しかし、その言葉は逆効果だった。

これからのことがあるから、大変だからこそ、今やらなきゃいけないんだ。恵子へのコンプレックスがここでも洋太郎を焦らせた。カオルに少しでも裕福な生活をさせてやりたい。そのためには少しでも早く自分が一人前にならなければ、と洋太郎は思っていた。

残りの資金は、亀岡の紹介によって超低金利で自営業者専門の商工ローンを組むことで賄った。

同じ頃、カオルは恵子に会うために琉球大学を訪れていた。

学生たちが行き交う中、ベンチの上に立ち、背伸びしてキョロキョロしている。白衣の男子学生たちと談笑しながら校舎から出てきた恵子は、すぐさま遠方にいるカオルの姿を発見し、明るく手を振って駆け寄った。

この日は琉球大のオープンキャンパスで、説明会終了後、カオルが恵子に案内をお願いしたのだ。というより、洋太郎がカオルにそうしてもらえ、と恵子にお願いしたのだ。

実際は案内というよりも散歩に近いものだったが、まだ二年生のカオルにはそれで十分だった。

「忙しいのに色々見せてもらっちゃって、ありがとうございました」

「ううん、いいのよ」

「どうせ受けるなら、いいとこ目指せって兄ィニィが。まだ二年なのに、ほんと気が早いんですよ。自分は高校途中でやめちゃって、学歴なんて関係ないって、いっつも言ってるのに。私には反対のこと言うんです」

恵子は複雑な思いで話を聞いていた。

「………お店の方は？　進んでるの？」

「はい、毎日夜遅くまで……。恵子さん。兄ィニィどうしてあんなに頑張るのかな」

「……そりゃ、カオルちゃんのために決まってるじゃない。ヨウタくんは自分をお父さん代わりだと思ってるのよ。だから早く独立して、カオルちゃんに出来る限りのことをしてあげたいんじゃないの？」

「……う～ん」

「でもよかったね。夢が叶って」

その時。カオルが唐突に言った。

「恵子さん。兄ィニィと……結婚とか、しないの？」

「えっ？」

「だって。もう四年も付き合ってるんでしょ？　そういう話とか出ないの？」

「そうね。そう言われれば……ないわね」

「兄ィニィ以外の人、好きになったこととか」

「ヤダどうして？」

「だって。かっこいい人とか頭いい人とか、周りにいっぱいいそうだし。なんで兄ィニィなのかなって」

「そうね。どうしてだろう」

「あっ！　認めてる！　かわいそう兄ィニィ！」

「カオルちゃんが先に言ったんでしょ！」

そう言ってカオルも恵子も笑ったが、恵子はポツリと付け加えた。

「カオルちゃんが一番よく知ってるんじゃない？」

「え？」

「兄ィニィの素敵なところは」

「…………」


恵子に別れを告げた後、カオルは差し入れを持って洋太郎の元へ向かった。しばらくの間、少し離れた場所から様子を眺めてみる。汗びっしょりで埃まみれになりながらも、夢の実現に少しずつ近付いていることを実感している洋太郎の背中は喜びに溢れ、力に満ちていた。そして頼もしかった。カオルはそっと近付き、後ろから声をかけてみた。

「兄ィニィ」

「おー。どうした？」

「差し入れ。今夜も遅くまでやるんでしょ?」

「どうしたのさ。急に」

「別に。愛だよ愛!」

そう言ってカオルは笑い、ほぼ完成している店内の様子を感慨深そうに見回した。

「もうここまで出来てるんだねぇ。何か思い出す、宜野湾の店」

「うまかったな、お母さんのタコライス」

「楽しかったぁ。あの頃」

「大学はどうだった? ケイちゃんにちゃんとお礼したか?」

「うん。イケメンのお兄さんたちがいっぱいいたよ〜。兄ィニィ、油断してたら恵子さんとられちゃうからね」

「そんなこと聞いてないし」

「ねえねえ、私にも何か手伝わせて」

「手伝わなくていいから、さっさと帰って勉強しろ」

「今日はいいの! ほら、大学見学も勉強の内だし。ね! 何かしたい! これとか私にも出来そうじゃない?」

洋太郎がバカ、と言ったときにはもう遅かった。カオルの足元にあった塗料の缶が振り返った二歩目で勢いよく蹴飛ばされ、その中身をぶちまけた。カオルが動けば何かが起こる。

「いやぁー！　ああっ！　ごめんなさい！」

「あーあーあー」

「……ほんとにごめん、ほんとに、ああ、ほんっ……とにごめんなさいごめんなさい」

「わかったわかった、いいから、大丈夫大丈夫。じゃあコレ頼むわ。今日だけな」

そう言って洋太郎はノートに書き出したメニューを差し出し、カウンターの上に置かれている板切れを指差した。店内に掲げるお品書きだけ、カオルに書いてもらいたいと思っていたのだ。洋太郎はカオルの端正な字が好きだった。


それから約一カ月後、洋太郎の夢はついに完成の時を迎えた。

13

開店前夜。

食器や調理器具等も運ばれ、店の体裁も整っている。テーブルには前祝いの料理と酒の用意がされており、その周りをカオル、勇一、マスター、美登里が囲んでいる。恵子は実習で少し遅れるとのことで、五人でのパーティが始まった。

「ジャーン。発表します!!」

洋太郎は届いたばかりの看板に掛けられた白い布を勢いよく捲《めく》り、店名を披露した。

『なんくる』

看板には平仮名でそう描かれている。

「なんくるないさ～の〝なんくる〟。なんとかなるさぁって」

洋太郎がそう説明すると、カオルは「めちゃめちゃ兄ィニィっぽい！」と拍手し、美登里が「ほんとほんと！」とはやしたてる。

「おまえどういう意味さぁそれ！　美登里さんまで」

笑いが起こる中、マスターはいつものように腕組みしながらしみじみと言う。

「〝なんくる〟さんか。商売敵《がたき》だなあ」

「よく言いますよ。座って座って。その椅子も、俺の力作！」

「へえ、器用なもんだ。従業員は？」

「当分は一人で。人雇うとお金もかかるしね」

「そりゃ大変だなあ」

「兄ィニィ、だから私、学校から帰ったら手伝うって」

「おまえはそんなことしなくていいよ。そんな暇あったら勉強しろ」

「なんで」

「いつも言ってるだろ、勉強できるんだから、大学行かないと勿体《もったい》ないって。ねえ、美登里さん」

「そうよカオルちゃん、女があんまり働き者だと幸せ逃すよ」

「どういうこと？」

「色々やりすぎると男に頼られて大変だってこと。ね」

皮肉を言われたはずのマスターは気付かずに笑顔で頷いている。

「よっしゃ、とにかく乾杯しよう乾杯！　ヨウタ、景気よくいこうぜ」

勇一が切り出し、全員がグラスを掲げる。

「それじゃ。えー。ただ今ご紹介にあずかりました。ワタクシ、新垣洋太郎でございます」

挨拶を始めると、「ヒューヒュー」「別に紹介してねえよ」「ヨウちゃん新垣っていうんだ⁉」などとヤジが飛んだ。

「えー。十六の年から本島に来まして、苦節」

指折り数えている。「数えんなよ！」「何年でもいいよぉ」とまたヤジが飛ぶ。

「とにかく、皆様のおかげでこうやって店を持つことができました。マスター、美登里さん、今まで色々教えてもらってありがとうございました。えーこれまで多々苦労はありましたが、今日は前祝いということで、えー」

「もう！　長いよ。飲もう飲もう！　早く飲もう！　カンパーイ！」

シビレを切らした美登里が洋太郎の話を遮って乾杯した。乗っかるように一同乾杯。

「えぇー⁉」

それでも嬉しそうに、洋太郎は全員とグラスを合わせ、一人一人に感謝の念を告げる。

ついに、ついにやったんだ。確かな達成感と、明日から始まる新たな暮らしに胸を弾ませ、体の底から湧き上がる喜びに浸っていた。

その時、見知らぬ男が二人入ってきた。

一人はスーツ姿、一人は工事関係者なのか、ヘルメットに作業着姿。

「すみません、今日はまだ。開店、明日からなんですが」


那覇警察署前に、慌てて駆けつけた恵子の姿がある。勇一とマスターは押し黙り、美登里は心配そうに警察署の中を覗き込んでいる。恵子は状況を理解できず、泣きそうになっているカオルに問い掛けた。

「どういうこと……？」

「それが……私もよくわからないんです。お店の本当の持ち主だって人が急に来て、お店売った覚えないんか、ないって」

「そんな」

「あそこに新しいビルが建つらしいんです」

「亀岡さんは何て言ってるの？　全部亀岡さんにやってもらってるんじゃ」

「それが……」

半ば確信し、怒りを抑えきれずに顔を真っ赤にさせている勇一が答える。

「行方がわからないんだって……。会社も。電話番号ももう使われてないって」

恵子は凍りついた。

「それって……」

その時、洋太郎が警察署から出てきて、一同は一斉に振り返った。洋太郎は神妙な面持ちで迎える五人に驚き、次の瞬間、精一杯のカラ元気でおどけたように言い、ハハハと笑った。

「いやー、やられたぁ。見事騙《だま》されたあ。大失敗！」

権利金の一〇〇万、更に内装工事の業者に渡すはずだった二〇〇万を持ったまま、亀岡は消えてしまった。詐欺師だったのだ。似たような手口の被害届が他にも出ており、洋太郎が調書に記入しているところを事件担当の刑事が通りかかり、頭を掻きむしって壁を蹴飛ばした。

名前と過去をでっち上げ、時間をかけて街に馴染み、ターゲットを数人に絞り込み、自分を信用をさせ、頼られて機が熟したところで全員から一気に金をかすめ盗《と》る。用意周到、緻密《ちみつ》な計画による犯罪だった。

こうして、洋太郎が本島に渡ってきてからずっと貯め続けていた一五〇万円は泡沫のように消えた。一夜にして株で儲けた一五〇万円ではない。身を削るように生活を切り詰めてコツコツと積み立てた一五〇〇万円である。

さらに、諸々の経費を含め、二〇〇〇万円以上の借金が洋太郎の手にずっしりと残った。

開店の準備のためなら忙しくても、つらくてもなんの苦もなく頑張ってこれたが、事件以来洋太郎を持ち構えていたのは、後ろ向きな作業ばかりだった。警察の取り調べや店の権利者との話し合い、商工ローンという名の〝街金まがいの金融業者〟との交渉。癒えない心の傷に加え、処理しなければならない雑事が津波のように押し寄せた。


洋太郎は、恵子にもカオルにも詳しく事件のことを語ろうとはしなかった。

しかし、カオルは兄が、自分に隠れ、ひとり鼻をつまんで上を向いている姿を見てしまったし、警察や借金取りに毎日のように呼び出されていることも知っていた。

「兄ィニィ」

ある夜、カオルは肩を落としている洋太郎に背後から声をかけた。

「何だおまえ。びっくりさせるなぁ」

いつものように笑う洋太郎の前に、カオルは預金通帳を差し出した。

「なんだよ、これ」

それは、洋太郎からの仕送りを手を付けずに貯め続けてくれたもので、七〇万円近くになっていた。

「兄ィニィに使ってほしいんだ」

カオルは努めて明るく言ったが洋太郎は無言で鼻白んだ。

「兄ィニィが仕送りしてくれたお金だよ。もともと兄ィニィのものだから。伯父さんが、使えないって貯めておいてくれたんだよ。いざって時に使いなさいって」

洋太郎は眉間《みけん》に皺を寄せた。

「それはおまえに送った金だ。それに今はいざって時じゃない」

「いざって時だよ」

「そうじゃない」

「なんで？」

「おまえにとっての〝いざ〟じゃないだろ」

「兄ィニィの〝いざ〟は私の〝いざ〟でしょ。違うの？」

いくら言っても無駄だった。

「心配するな。なんくるないさぁ」

14

数日後、『なんくる』になるはずだった店舗は封鎖され、あっという間に取り壊された。作業員の手元ひとつの操作で、ショベルカーのアームは簡単に外壁を貫き、バキバキと音を立てて剝《は》がし取っていった。看板も、カウンターも、カオルが書いてくれたお品書きも、それまでの洋太郎の想いも全て。

ものの十分程で建物だったそれは原形をとどめないところまでバラバラにされ、埃を巻き上げながら屍《しかばね》をさらした。その傍らで作業員は談笑しながら煙草で一服し、吸殻を瓦礫の中に投げ込んだ。

少し離れた場所で、洋太郎はその様子を呆然と眺めていた。

洋太郎が家に帰り着いたのと同じタイミングで、一人の男が現れた。スーツ姿の立派な紳士だ。

「新垣洋太郎くんですか」

「はい……？」

「覚えているかな、稲嶺です。ちょっとお時間いただいてもいいかな」

恵子の父、稲嶺義郎だった。

交際相手の父親が一人でやってきて、神妙な顔つきで立っている。どう考えてもいい予感はしなかった。洋太郎は「汚いとこですが」と前置きし、義郎を家に招き入れた。

義郎とは一度だけ恵子の家であったことがある。義郎はエリート意識の強い医師であり、なぜ恵子が洋太郎のような輩《やから》と付き合わなくてはならないのか、内心苦々しく思っていたようだった。恵子は父のそのエリート意識に反発していたし、そのことで幾度となくトラブルを引き起こしていた。洋太郎と出会った泥酔した夜もひとつの原因は義郎であった。

しかし、義郎は誰よりも恵子を愛していた。その恵子に初めてといっていい相談を受けていた。洋太郎が巻き込まれたトラブルをどうか処理してほしい、と。義郎は恵子のために今、この狭い洋太郎の部屋にいる。

義郎はひとしきり部屋の中を眺め、出された茶をすすりながら話を切り出した。

「話は恵子から聞いたよ。災難だったね」

「……ハァ」

義郎は煙草を吸ってもいいかな、と声を掛け、高級そうなライターを懐から取り出して火をつけた。

「君が悪い人間でないことはわかる。しかし君は少々人が良すぎるな。なぜそんな男を簡単に信用したんだ」

しかし答えない。亀岡は義郎が考えているよりもずっと計算し尽くされた巧妙な手口で洋太郎を騙したのだ。はじめから完全に信用していたわけではない。しかしある時亀岡は自分の過去を語った。洋太郎と同じように両親と死に別れ、ひとりで苦労して今の仕事に就いたと言った。そして、洋太郎は亀岡に妙な親近感を持った。しかしそんなことをこの人に説明しても無駄だ。言い訳にしか聞こえないはずだ。

この人は俺に説教するためにわざわざやって来たのだろうか、と思ったその時、義郎はバッグからおもむろに封筒を差し出した。

「二〇〇万ある。これであんなところとは、すぐに縁を切りなさい」

「これ……え？」

「商工ローンなんて名ばかりで、あれは街金だ。とにかくこれで、きれいにしてしまいなさい」

洋太郎は驚いたように金を見つめ、ためらいながら答えた。

「……でも、こんなことまで俺。それは……いくらなんでも」

「恵子に泣きつかれてね」

義郎は言った。

「いいんですか」

洋太郎は驚いたように金を見つめている。

「別にあげるわけではない。君だってわざわざ高い利息を街金まがいの会社に支払うことはないよ。この金は少しずつ返してくれればいい」

「あ、ありがとうございます。……助かります」

本当に救われた気持ちだった。

「私はね。いずれあの子には、ウチの病院を継いでもらおうと思ってる」

「……、はぁ」

「恵子は君のことをよほど好きらしいが、私は君に娘の将来を預けようとはどうしても思えない。だから君を助ける、と言っている意味はわかるね」

最初は何を言い出したのか、よく飲み込めなかった。が、次第にぼんやりわかってきた。助けてやる代わりに、恵子から身を引けということなのだ。

ずるいやり方だと思った。

「君はこれからどうするつもりだ？　まぁ…………好き合っていれば、それでうまくいくと若い時は思うかもしれない。けどね、置かれた環境が違う人間が一緒にいても、必ずどこかにズレが生じる。遅かれ早かれ、そういう時が来るんじゃないのか」

洋太郎と恵子が互いに感じながらも、それを互いに知りながらも、決して表に出さないようにしてきたデリケートな部分に、義郎は土足で踏み込んできた。触れるな。怒りの感情が込み上げてきたがかろうじてそれを抑えて、洋太郎は言った。

「……それは、ケイちゃんと俺じゃ、つり合わない……そういうことですか」

絞り出した言葉だったが、義郎は煙草をくゆらせ、質問に答えない。

「この金で……別れろって」

「君は、私のやっていることをいやらしいと思うかもしれない。しかし、これが精一杯の私のあの子への……」

我慢の限界は既に超えていた。

「出て行ってください」

「しかし」

「あなたの力は借りません！　俺が自分でやりますから」

「今の君に何が」

「出て行ってくれよ！」

気が付くと洋太郎はそう叫んで床に封筒を叩きつけていた。

しかしその時、気配を感じて向けた視線の先に、学校帰りのカオルが立っているのに気付き、凍りついた。

カオルも驚いていた。いつも陽気な兄がこんなにも声を荒らげ、怒りをあらわにしているのを見るのは初めてだった。


その夜、洋太郎は窓枠に腰掛けてぼんやりと外を見つめたまま、口を閉ざしていた。

「兄ィニィ！ ご飯できたよ！ 食べよ！」

カオルの問いかけにも答える気力がない。

「冷めちゃうよ」

カオルも何か話しかけようとするが、なかなか言葉が見つからない。そこへ洋太郎の携帯電話に着信が入った。恵子からの電話だ。

「兄ィニィ、恵子さんからだよ」

洋太郎は見向きもしない。すると今度は玄関のドアがドンドンと叩かれる。

「ヨウタくん！ 恵子です！ あの……！ いるんでしょ？ 開けてもらえない？」

洋太郎は一瞬ドアの方を振り向いたが、すぐに元の体勢に戻って完全に沈黙してしまった。カオルは洋太郎とドアを交互に見て、とるべき行動がわからずに戸惑っている。恵子は必死で声を振り絞るように、叫んだ。

「話があるの！　父のこと。話したいの！　謝りたいの！」

「兄ィニィ……」

「カオルちゃん？　いるなら開けてもらえない？　ねえ。ヨウタくんお願い！　開けて！」

恵子は崩れ落ちそうになりながら、更に激しくドアを叩いている。

「いいの。兄ィニィ」

「ヨウタくん？　ねぇヨウタくん！　ごめんなさい！　ヨウタくん‼」

「ねぇ、兄ィニィ……」

しかし洋太郎が動くことは決してなく、カオルも黙ってしまった。

恵子がドアを叩く音だけが響きわたり、何も起こらないまま時間だけが過ぎていった。

夜になっても洋太郎は眠れなかった。時計の針の音がやけに大きく耳に届く。ぽんやりと天井を眺めていると、隣の部屋からカオルが入ってきた。

「兄ィニィ、やっぱりコレ使おう」

とカオルは通帳を差し出した。

「いざって時だよ。今は」

カオルは何度か問い掛けたが、洋太郎は掛け布団を頭から被り、何も答えなかった。やせ我慢ではない。借金返済なんかのために苦労して積み立てた金ではないのだ。

洋太郎はその後も決してその話に耳を貸すことはなかった。

15

二〇〇三年。

カオルは高校三年生、いよいよ大学受験である。

この日は高校の三者面談で、洋太郎は緊張の面持ちで身を乗り出して担任の話を聞いている。

「まあ今の成績なら第一志望は、琉球大の英文科で問題ないと思いますよ」

「おお！　そうですか！」

「油断は禁物ですが。この調子でいけば、まず大丈夫でしょう」

「おい〜、よかったなぁおまえ。そうですかぁ。琉大に。いやぁよかった！　ってまだ受かってもないのに変ですねハハ。頑張れよカオル！　あの、先生、今後ともよろしくお願いします！」

太鼓判を押されたのがよほど嬉しかったのだろう。洋太郎は緊張と安堵《あんど》が入り混じり、ひとりでペラペラ喋っている。

カオルはそんな兄の様子を複雑な心境で眺めていた。借金を抱えて以降の洋太郎の行動には鬼気迫るものがあった。

まず少しでも早く返済するために、市場と「みどり」でのバイトをやめた。そして少しでも給料のいい仕事を求めて、工事現場での仕事や倉庫での荷物運搬作業等、体力的にはかなりきつい肉体労働に黙々と従事していた。それこそ、一日も休むことなく、昼夜を問わず。

カオルはあれからも何度か積立貯金を使おう、と言ったのだが、洋太郎はその金には断固として手をつけなかった。

だからカオルは洋太郎に隠れてアルバイトを始めた。

海沿いにある「シーサイドホテル那覇」というリゾートホテルの仕事である。パーティ会場の支度、接客、清掃などを、学校が終わってから駆けつけていた。洋太郎は毎日深夜に帰宅するので、黙っていればそれは気づかれることはない。

兄が昼も夜もなく働いていること。それは借金返済のためだけではなく、カオルの大学進学のためであることを、カオルは知っていた。

「勉強できるんだから、大学行かなきゃもったいないさあ。行けるもんは行っといたほうが得に決まってる。オレはこのルックスと体力があるから、学歴で苦労したことはないけどさあ」

冗談めかして言っていたが、それは高校中退で少なからず苦労した、洋太郎の本音だった。

しかし、いつまでも兄だけに頼るわけにはいかない。

本当のことを言えば、今では進学の夢も薄らいできた。

必死に働く兄の姿を見ていると、自分も高校を卒業して働くのが一番いいと思うのだ。

しかし、自分に期待している兄に、なかなかそのことを言い出せないでいた。

夏休みに入ってもカオルは勉強そっちのけで朝からバイトに入り、夜まで働いていた。洋太郎には補習だと伝えてある。そういうふうに言っておけば間違いない。

そのリゾートホテルでは毎日、サンセットタイムになると、バンドの生演奏が行われた。

ある日、カオルが清掃作業をしていると、そのバンドの音が窓の外から聴こえてきた。作業する手を止めて音のする方向の窓から外を見遣ると、プールサイドで中年の背の高いミュージシャンがサックスを吹いている。

それは、遠い記憶が呼び起こされるようなどこか懐かしい音色だった。

その男の姿を、カオルは遠くからしか見ることはなかったが、仕事の合間、その演奏を聴くのが密かな楽しみになった。

ある日、仕事の帰り、そのサックス吹きの男とホテルの従業員用バスに乗り合わせた。

「まいったまいった。バッテリーあがっちゃってさあ」そう言いながら、男はワゴン車に乗り込んできた。

そして、カオルと目が合うとニコッと笑った。

いったい何歳くらいなのだろう……。四十代。五十代？

遠くで見るより、男は年をとっているようにも思えたが、その目は少年のようにいたずらっぽく輝いていた。片耳にはピアスが光っていた。

〝不良オジサン〟とカオルは心の中でこっそり仇名《あだな》をつけた。

その時はまだ、その男が自分の父だということに、カオルはまったく気付かなかった。

四歳の時別れた父の面影は、カオルの中にはほとんど残っていなかった。

家に残っている古いアルバムの中に、父が写っている写真は一枚もない。

笑顔の写真は、兄と母とカオルと三人のものだけだ。

そして、〝不良オジサン〟昭嘉もまた、アルバイトの女子高生が自分の娘だとは、気付いてはいなかった。

この日は帰りが少し遅くなってしまった。カオルは必死に走って階段を二段飛ばしで駆け上がり部屋に飛び込むと、ものすごい速さで着替えて机の前に座り、急いで参考書をひろげた。

そこにタッチの差で洋太郎が帰宅する。ギリギリセーフだ。

「ただいま」

カオルは勉強に集中してますよ、という風に気付かないふりをした。洋太郎はカオルの部屋を覗き、もう一度言った。

「カオル。ただいま」

「あぁ兄ィニィ、お帰り。早かったね今日は」

「……どうしたんだおまえ」

「何が？」

「髪。ボサボサだぞ」

「え、ああ。うん。なんかこの問題難しくて……」

「難しいとなんで髪の毛ボサボサになるのさぁ。変なやつ」

洋太郎はブツブツと部屋に戻りながら、疲れきった感じでそのまま横になる。

「勉強進んでんのか？」

「うん」

「おまえも毎日補習で大変だなぁ」

「……うん」

そこでカオルは意を決し、思い切って言おう、と振り向いたが。

「兄ィニィ。あのさ。……大学のことなんだけど。やっぱり私」

遅かった。洋太郎は驚くべき速さで眠りに落ち、いびきをかいている。

「……兄ィニィ」

カオルはそっとタオルケットをかけ、洋太郎の寝顔を見つめていた。

そんなに頑張らなくていいのに。

なんでさ。なんで一人で背負い込むのさ。

16

翌月。

道路工事現場で黙々と瓦礫を運んでいる洋太郎の元に、一人の女性が歩み寄った。

ふと視線を感じて顔を上げてみると、そこには恵子が立っていた。

「久しぶり、ヨウタくん」

あの一件以来、洋太郎は恵子と会い辛くなり、自分から連絡を取ることをしなくなってしまっていた。恵子は必死になって洋太郎との関係をつなぎ止めようとしたが、翌年に控える国家試験のための準備に次第に追われるようになり、それから疎遠になっていたのだ。

恵子は試験に合格したら必ず洋太郎に会いに行こうと決意をし、受験だけに集中した。そしてついにこの日を迎えたのだ。洋太郎の休憩時間を待ち二人は近くのカフェに入り、約一年ぶりの会話を交わしていた。

「市場のおばぁたちに聞いたよ。配達、やめちゃったの？」

「こっちの方が金になるからね」

「夜も遅くまで働いてるんだって、みんな心配してたよ」

「それくらいしか能がないからさぁ」

「借金。まだ……大変なの？」

「ケイちゃんが心配することじゃないさぁ。それよりどうしたの。びっくりしたよ」

「今日エイサーあるでしょ。急に懐かしくなって……。毎年一緒に行ってたからさ。今年も勇一くん出るの？」

「ああ、はりきってるよ」

少しの沈黙があった後、恵子は本題を切り出した。

「私ね、受かったの。国家試験」

この言葉を伝えることを目標にして、これまでの日々を過ごしてきた。洋太郎の愛情はもうきっと冷めてしまっているだろう。

でも、もしかしたら、万が一、待っていてくれてるかもしれない。

だからといって、そこに望みの全てを託したわけでもない。合格の報告をする、その時に再会しよう、そう目標を定めた日から、あれほどにも生活の一部であった洋太郎のことを頭の中からうまく切り離せ、受験までの間は自分でも驚くほどにニュートラルな気持ちでいられたのだ。報告をしよう。そう思う気持ち。それもきっとひとつの愛の形なのだろう。

しかし洋太郎の恵子に対する気持ちは、やはりあの日から変わらないままだった。いや、あの日からと言うよりは、交際を始めた当初からずっと持ち続けていた気持ちでもあった。

国家試験に合格した恵子と、借金を抱えている自分とを比較して淋しさが胸をよぎり、比較したことで自己嫌悪に陥る。恵子のことを好きなのに、どうしてそういう感情ばかりが邪魔をするのか。長い間決して克服することができなかったこの循環は、約一年という間を置いた今でも、残念ながら変わっていなかった。

そして自分の気持ちが冷めてしまっていることに恵子はおそらく気付いている。その上で、こうやって報告に来てくれたのだ。洋太郎は少々無理をして、笑顔を作った。

「よかったなあ！　そっかー。おめでとう！」

恵子も優しい微笑みを返してくる。

「いやーそうか。すごいなあ。ケイちゃんとうとうお医者さんか」

「まだ後二年研修医よ。ほんとの医者になるのはその先」

「じゃあアレだな。病気になったら診《み》てもらわんとね」

「いいわよ、まかせて」

「でも俺、風邪もひいたことないもんなあ。ケイちゃんに会いたくなったら、無理にでも病気になるしかないなこりゃ」

そう言って、ハハハッと少し笑う洋太郎を見つめ、恵子はひとつ息を吸い込んだ。

「ヨウタくん、私――」

「ケイちゃん。もうケイちゃんとは、会えないさぁ」

「……父のこと、まだ怒ってるの？」

「違う。そんなんじゃないさぁ。ケイちゃん、これから新しい道に進むんだし」

笑顔でそう言う洋太郎から、次の瞬間、核心に触れる言葉が口を突いて出てきた。

「ケイちゃんはもともと遠い人だったのに。無理矢理一緒にいただけの気がするんだ」

いつかこんな日がやって来ると予感していながらも、来ないかもしれないんだからと目を背け続け、押し殺してきた感情。受験に没頭することで切り離していた感情。スタート地点であってほしいと恵子がわずかな望みをもって願い続けてきたその場所は、やはり、完結地点だった。

「どうしてそんなこと言うの……私は、そんなふうに思ったこと、一度もないよ」

「ウッソー。ずーっと思ってたくせに。ケイちゃんはさ、俺なんかと付き合っちゃダメだよ」

重苦しい沈黙が続き、洋太郎は席を立った。

「もう戻らないと。仕事サボると給料減らされちゃうから」

終わりの瞬間。必死につなぎ留めていた理性の糸が切れ、溜め込んでいた感情が堰《せき》を切ったように溢れ出してしまった。

「無理矢理一緒にいたのは、ヨウタくんの方でしょう。私はいつも寂しかったよ。カオルちゃんが来てからはずっと。私が医者になるとか、お父さんがあんなことしたとか、本当は関係ないんじゃない？　……本当に好きだったら、そんなこと関係ないんじゃない？」

恵子は洋太郎の背中を追うように立ち上がって、人目もはばからずに大粒の涙をボロボロ流していたが、洋太郎は最後の言葉を告げると、そのまま振り向かずに店を出て行った。

「関係ないことないよ。やっぱりそれは……関係ないことないよ」

ギクリとしていた。洋太郎と恵子、二人の間の問題だと思っていたのに、そこにカオルの名前が出てきたことに。恵子には初めから心の奥の奥を見透かされていたのだろうか。

気付かないふりをしてやり過ごしてきた、もうひとつの気持ち。いつから芽生えていたのかはわからない。もしかしたら恵子と出会うよりもずっとずっと前のことなのかもしれない。

カオルは、妹だがそれだけではない。

「無理矢理一緒にいたのは、ヨウタくんの方でしょう」

「私はいつも淋しかったよ。カオルちゃんが来てからはずっと」

17

その夜、街ではエイサー祭りが行われていた。鳴り響く三線《さんしん》や太鼓の音と勇壮な囃《はや》子《し》。祖先の霊を迎え、送り出す沖縄伝統の祭りだ。道路には人々が溢れ、活気に満ちている。洋太郎は祭りに沸く喧騒の中を歩きながら、ずっと考え込んでいた。頭の中には恵子の言葉が何度も甦る。

ドン、ドン、ドン、ドン。

サー、エイサー、エイサー、ヒヤルガエイサー。

鼻を突くのは出店から漂う、焦げたソースとアルコールの香り。胸の鼓動をやけにリアルに感じるのは、地響きのような太鼓の音のせいだけではない。

「兄ィニィー！」

はっとして顔を上げると、通りの向こうで浴衣《ゆかた》姿のカオルが手を振っていた。少し照れ臭そうな笑顔で、小走りに駆け寄ってくる。脳裏を駆け巡っていた幼い頃の記憶と、目に映る光景とが重なり、不思議な気分に包まれた。カオルは大人になった。その姿は美しく眩《まぶ》しい。洋太郎は動揺した。

「おまえ、どうしたんだその格好」

「友達にさ、借りたの。似合うでしょ！　ちょっと小さいんだけどさぁ。早く行こ！　エイサー終わっちゃう」

カオルはそう言うと洋太郎の手をとり、また駆け出す。よたよたと引っ張られるような格好で、踊りながら練り歩くエイサー隊の先頭に辿《たど》り着く。

「兄ィニィ。勇一くん！　あそこ。ほら！」

勇一は旗頭を務め、身の丈の二倍以上ある旗を勇ましく振っていた。しかし洋太郎の瞳に映っていたのは勇一の姿ではない。

エイサーがカチャーシーのリズムに変わると、観客たちは飛び入りで輪の中に参加し、踊りに加わっていく。カオルも手を引かれ、その中に吸い込まれていった。いつもだったら先頭を切って飛び込んでいく洋太郎だが、この日はやはりそんな気分になれない。

洋太郎の視線はフワフワと泳ぐように、絶えずカオルの後を追っていた。大人びた横顔とその肢体を。その眼差しは、いつものような妹を眺めるそれではない。不意に後ろから頭をはたかれて我に返った。振り返ると、出番を終えた勇一が立っていた。

「何ポーッとしてんだよ！」

「え？」

「バカか。妹に見とれて」

「違うって！　何言ってんのさ」

「あーやっぱカオルちゃんかわいいよなぁ。あれじゃさすがに兄貴でもそう思うよな？」

「だから違うって言ってんだろが」

「いやいやいや。しっかしアレだな、兄妹揃ってよく頑張るねえ。おまえらも祭り出ればいいのにさあ。こんな働き者の兄妹見たことないさぁ」

「はぁ？」

「はぁ？　って何がさ。頑張って働いてるよなーって。おまえもカオルちゃんも」

「何でカオルが？」

「何でって……え、うそ。おまえ知らないの？」

「どこでさ？　おまえ見たんか？」

「シーサイドホテル。俺も仕事でちょっと寄ったんだけど、そん時見たぜ。カオルちゃん」

「見間違いだろ」

「なめんなよ、俺が女を見間違うと思うか？」

「確かか」

「視力だって両方2・0さ……ってこれ、うっわー、言ったらやばかった？」

洋太郎はいつもの兄の顔つきに戻り、カオルを引っ張って路地に連れ出した。

「どうしたのさ兄ィニィ」

「カオル。おまえ俺に隠してることないか」

「……別に」

「もっかい聞くぞ。何か隠してることあるだろう」

「何？」

「シーサイドホテルで。補習だって言って、バイトしてんだろ俺に黙ってさぁ」

「……うん、してる」

「なんでだ」

「だって」

「なんでさぁ！　なんでそんなことすんの！　どういうことさ、説明してみろ！」

「説明って……私はただ少しでも兄ィニィの助けになれればと思って」

「ふざけるな！　今がどういうときだと思ってんだ！」

「だってほんとのこと言ったら、兄ィニィ怒ると思ったから」

「当たり前だ！　受験生が何やってんだ！」

洋太郎の怒りに火が点《つ》いた。カオルに対してこんなに怒鳴ったのは初めてのことだ。

しばらく沈黙が続き、大通りでのエイサーの賑わいが聞こえる中、カオルは真顔で切り出した。

「兄ィニィ、なんでそんなに大学大学って言うの？」

「はぁ……？」

「なんでそんなに大学行かせたいのか、全然わかんないよ！　ほんとは……高校だって、今すぐやめたっていいよ！　別に学校なんてどうだって」

「何言ってんだ。俺が！　誰のために働いてると思ってんだ！」

「それがイヤなの！　もう言うよ！　そういう兄ィニィ、うっとうしいよ！　おまえのため、おまえのためって。そんなに大学が大事だったら、兄ィニィが行けばいいでしょう！　自分の夢、勝手に押しつけるのやめてよ！」

「なんだと」

「兄ィニィ、いつも学歴とか関係ないって言うけどさ、ほんとは一番そのこと気にしてるの兄ィニィじゃない！　ケイちゃんと会わなくなっちゃったのだって——」

そっとしておいてほしかった部分に触れられた洋太郎はカッとなり、思わずカオルに手をあげてしまった。

しかしカオルも負けてはいない。洋太郎に詰め寄り、向かっていく。

「私は兄ィニィの妹だよ。妹が兄ィニィのこと助けたいと思っちゃいけないの」

「私は兄ィニィに苦労かけてまで、大学なんか行きたくないよ」

「もう子供じゃないんだから。自分のことは自分で考えるから！」

次第に泣きそうになりながら畳み掛けてくるカオルに、洋太郎は何も言い返せなかった。

「だから兄ィニィも少しは自分のこと考えればいいんだよ！　朝から晩まで働いてばっかりじゃなくて、私のことばっかりじゃなくて！　もっと自分のために好きに生きればいいんだよ！」

最後には泣き崩れながら洋太郎の胸に寄りかかってきて、洋太郎は壁に背中を押しつけられてしまう。何か言おうとしてカオルを押し戻したのだが、二人の体は抱き合うような格好になってしまった。洋太郎はハッとしてカオルから離れた。カオルもその洋太郎の気配に気付き、胸が大きくひとつ脈打つ。次の瞬間、カオルは洋太郎の脇をすり抜け、大通りへ飛び出していってしまった。

「兄ィニィのバカッ——！」

ひとり残された洋太郎は自己嫌悪に陥っていた。もっともな話だ。あいつは自分のためを思ってやってくれていたのに、なんで怒鳴ったり殴ったりしてしまったんだ。自分のコンプレックスを勝手に押しつけて、自己犠牲を払うふりをしながら助けを求めていたのは俺じゃないか。なんて甘えたやつだ。洋太郎は自問自答しながら路地に座り込み、情けなくなって深い溜息をひとつついた。

カオルは未だ賑わう繁華街の中を足早に歩いていた。悲しさと悔しさがどうしてもおさまらず、時折鼻をつまんでいる。カオルの頭の中には洋太郎の表情がフラッシュのように何度も甦る。ハッとしたあの兄の表情。あれは明らかに一人の男の気配だった。なぜ、兄ィニィは。答えの出ない疑問がカオルの頭の中を支配していた。

途中ナンパ目当ての若い男から声を掛けられたが、反応せずに歩き続ける。それでもしつこく追いすがってくる輩を振り払い、立ち止まると、カオルはライブハウスの前にいた。

無造作に張ってあるポスター。それをぼんやりと眺めていると、誰かがポンと肩を叩いた。

そこには〝不良オジサン〟が立っていた。

「何、いつから俺の〝おっかけ〟になったわけ？」

オジサンはうれしそうにそう言うと、無邪気に笑った。

その大きな体軀と屈託のない笑顔。ホテルで聴いた懐かしい音色と、踊るその姿。

「たった今ステージ終わったとこなんだけどさぁ。入るか？」

その声があまりにも優しくてカオルは思わず素直に頷いた。

ステージの終わったライブハウスは客もまばらだった。

昭嘉はカオルに酒を勧めたが、お酒を飲んだことがないと答えると、驚いた顔で「いくつだ？」と聞いてきた。十八だと答えると、もっとびっくりした顔をして、

「そりゃあおまえ、遅すぎる。俺は五歳からビール飲んでたぞ」

「うそだぁ」

「ハハハ、うそうそ。ちょっとサバよんだ。十歳ぐらいからかなぁ。しっかし十八にもなって酒飲んだことないなんて、どういう教育受けてんだ？」

冗談めかしてそう言いながら、昭嘉はカクテルの飲み方を教えてくれた。カオルは〝不良オジサン〟に興味を持ってしまった。彼の過去や、今どのようにして生活しているのか、を根掘り葉掘り聞き出そうとしたが、茶化すばかりで一向に何も出てこない。俺のことなんか聞いてもつまらんだろう、と言って決して語ろうとしなかった。

しかし、音楽の話をすると、昭嘉はそれに目を輝かせて乗ってきて、思いのほか会話は弾んでいく。ジャズとは云々、ブルースとは云々、カオルにはちんぷんかんぷんの内容だったが、その熱く語る表情を見るのが楽しかった。

そうして次第に打ち解けていった。はじめてのお酒がまわってきてカオルが髪をかきあげた直後。

一瞬昭嘉の表情が固まり、そこから不意に真剣な表情になった。視線はカオルの額の傷に向いている。

「何か私の顔についてますか？」

昭嘉はポツリと言った。

「なぁお姉ちゃん。名前。聞いてなかったたな」

　カオルが言いかけると、昭嘉は「いや」と微笑みかけてきた。

「ちょっと待て。当ててみようか……カオル。それもカタカナで〝カオル〟だ」

「すごい！　なんで……」

　啞然とするカオルを目の前にして、昭嘉はいきなり腹を抱えて笑い出した。店内にはその笑い声が響き渡り、全ての人からの視線が一気に集まる。

「いやーまいった！　そうかぁ！　俺ぁもう少しで口説きに入るとこだったさ、危ない危ない！」

　昭嘉は、笑いすぎて背中が痛いと言いながら、苦しそうに続けた。

「頼む。背中叩いてくれ。俺笑うと背中痛くなるんだぁ。あー死ぬ。よかった。助かった」

　カオルは周りの視線を浴びながら、わけもわからず、昭嘉の背中をポンポンと叩いた。笑うと背中が痛くなる自分が、いつも洋太郎からそうしてもらっているように。

　夜が明けて東の空が少し白みだした頃、カオルは一人歩いて家まで戻った。

　すると、外の階段に腰掛けている洋太郎の姿がある。一睡もしていない様子だった。

　カオルは思わず凍りついてしまったが、何事もなかったかのように無言でそのまま家に上がろうとしたところ、視線を合わせずに、洋太郎が話しかけた。

「どこ行ってたんだ。こんな時間まで」

カオルは黙って行きかけようとしたが、声が込み上げてきてしまう。

「……兄ィニィ。ごめんね」

その声を聞いた洋太郎は抱えた膝に顔をうずめてしまった。

「ごめんなさい……」

18

翌年。二〇〇四年、春。

カオルは、琉球大学に合格した。

あの日喧嘩して以来、カオルは少し変わった。

急に真面目に受験に取り組み始め、眠る間も惜しんで勉強した。その甲斐あって、第一志望の英文科に受かったのだ。

報《しら》せを聞いた洋太郎は周りが呆《あき》れるほど大喜びし、復職した市場で、おばちゃんたちに誇らしげに自慢して回っている。

「おばぁ！　おばぁって！　受かった〜‼　受かったさぁカオル！　しっかし、いつ見ても美人だねぇおばぁは」

「そうかぁ、よかったね〜ヨウちゃん。カオルちゃんはよく頑張ったねぇ。ほら、これ持っていきなさい」

その頃になるとカオルも市場ではちょっとした人気者で、洋太郎は多くの祝福を受け、おばちゃんたちは大学に合格したカオルのためにゴーヤや赤飯や肉など、祝いの品を洋太郎に託してくれた。

帰宅した洋太郎は溢れかえる戦利品を前にはりきり、祝杯を上げる準備に取り掛かった。

「カオル、ちょっと待ってろよ。今からすっげぇうまいもん作ってやるからさぁ。あ、その前に乾杯するか乾杯！　もういいよな、大学生だもんな。しかしほんとすげえなあ。さすがカオルだなあ！　借金も返し終わったし。今年はいい年になるぞこりゃ！」

グラスを用意しながら、満面の笑みで、溢れ出る喜びを抑えきれずにいる。

しかし反対に、カオルは浮かない顔をしていた。大学に合格したら、兄に告げようと決めていたことがあったのだ。

「兄ィニィ、私。……兄ィニィに相談したいことがあるの」

「ちょっと待ってろ！　今グラス出すから」

「乾杯の前に話したいの」

「だからちょっと待ってろって今」

「兄ィニィ。私、高校卒業したらこの部屋出て行く」

洋太郎はその場で固まり、目だけを動かしてカオルを見たが、カオルは目を合わせずに早口に続けた。

「前からそう思ってた。部屋は狭いし、もう大学生だし。学校の近くに住んだほうが便利だし」

「そんなおまえ。……金はどうすんだ」

「お金のことは心配しないで。なんとかなる」

「なんとかって」

「奨学金ももらえるみたいだし。バイトだって」

「何言い出すんだ急に」

「急じゃないの。前から思ってたことだから」

カオルが言っていることの表面だけをなぞり、その意味は理解しないように、洋太郎は無駄な現実逃避を図っている。

「部屋が狭いなら、二人で少し広いところに越せばいいさぁ。俺もそろそろここは限界だと思ってたんだ。ってか限界超えてたよなぁ、最初から。ハハハ」

それから少しの沈黙があった後、唐突にカオルが言った。

「私、兄ィニィのこと好きだよ」

「何言ってんだ急におまえ」

そう言いかけ、洋太郎はドキンと硬直した。カオルの顔が、あまりにも真剣で泣きそうだったからだ。

「私もう……兄ィニィから離れてひとりでいたい」

「なんで」

カオルは答えない。

「どうしてだ」

「理由なんかないよ。ただもう、私も大人だから。高校も卒業するんだから。そう思っただけ」


結局その日、二人の間に結論は出なかった。

洋太郎は、カオルの様子がおかしいことが気にかかった。

なぜ突然一人暮らしがしたいなどと言い出したのか。

なぜ自分を好きだなどと言ったのか。

ここ最近、カオルが、隠れて誰かと頻繁にメールしていることも気になっていた。

「そりゃあ、男だ。男ができたんだ!」

電話口で勇一はこともなげにそう言い、笑い飛ばした。

「まさか。だってそんな話一度も」

「だから好きな男ができたんだって。カオルちゃんだってもう十八だぜ。男の一人や二人いても全然おかしくないだろが」

「二人もか!」

もはや冷静さを失っている。

「ていうかさ、今までいないほうがおかしい。まさかヨウタおまえ、カオルちゃんが何の経験もないと思ってんじゃないだろうな」

「経験……?」

「十八だぜ、で、あのナイスバディだろ。そしてここは沖縄なわけだ」

「……はぁ」

「あーあ。この兄ィニィじゃ出て行きたくもなるわ」

「何だよ……まじかよ」

「実は……俺なんだ」

勇一の声は急に真剣なトーンになった。

「は⁉」

「俺が彼氏だごめん……」

「はあぁ⁉」

「なぁんて言ってみたいなあ。クーッ」

洋太郎は、思わず叩きつけようとした携帯電話を、慌てて握りなおした。

「なあヨウタ」

勇一はもう一度真剣なトーンで切り出す。恐る恐る、と言うべきか。

「ほんとの話。言いにくいんだけど……俺、この間変な噂聞いてさぁ」

「うん？」

「これは単なる噂だからな。俺が見たわけじゃないからな。聞いてて知らんぷりするのもアレだから言うけどさ。まぁ噂話として聞いてくれ」

そう勇一は前置きし、カオルが中年の男と付き合っているらしいという噂があると語った。

「あるだろ、久茂地に古いライブハウス。そこで中年の男と会ってたらしいんだ」

「誰が」

「誰がっておまえ……カオルちゃんがさ」

「どんなやつだ」

「どんなかは知らないけど。あー、なんかやたらデカいオヤジだって聞いたな確か」


その夕方。

洋太郎は勇一の話にあったライブハウスを訪れ、看板に書かれてある出演者の名前を眺めていた。

「デカい男」と聞いて湧いた嫌な予感は的中していた。金城昭嘉。昔、自分たちを捨てて家を出て行った男だ。カオルはこの男と、父親と、再会を果たしていたのだ。

ライブハウスの前で待っていると、ほどなくして店の駐車場に小さな外車が停まり、中から巨大な男が降りてきた。顔の皺は多少増えたり深くなったりしているが、とても五十少し前の男には見えないほどに若々しい。間違いない。十数年ぶりに見る昭嘉だった。

目が合ったとき、昭嘉は一瞬考え込んで驚いた顔を見せたが、すぐに初めて出会ったあの日と同じ笑顔で、洋太郎に向かって白い歯を見せて笑いかけた。


「よォ」

それは、まるで昨日まで一緒に暮らしていたかのような親しさだった。

何が「よォ」だ。

洋太郎の中に重苦しい感情が込み上げたが、その一方でほんの一瞬、心の隅に母の面影と共に懐かしい想いが通り抜けたのも事実だ。それは決して認めたくない思いだったが、昭嘉の笑顔は、以前と全く変わらず、人の心を和ませる不思議な力を持っていた。

「元気そうでなにより」

洋太郎は黙っていた。

「立ち話もなんだ。開演まで時間あるし、ちょっと付き合え」

昭嘉は左腕にはめた大きな金色の時計を眺めてそう言うと、また初めて会った晩のように洋太郎の頭を一度だけポン、と撫でた。既に完全に昭嘉ペースだった。洋太郎は、黙って後をついていくことしかできなかった。

近くにあった居酒屋に入ると、数人の先行客が昭嘉を仰ぎ見た。有名人だからではない。その風貌は今も昔も変わらず圧倒的で、否応にも周囲の人々の注目を集め、緊張を誘うのだ。明らかに恐怖を感じている面持ちでおしぼりを持ってきたアルバイトの大学生らしき女性を、下から上まで舐《な》めるように見ている。恥や遠慮のかけらもない。

「お姉ちゃん。ナマ、二つね」

洋太郎の希望も聞かずに、勝手に注文すると受け取ったおしぼりで顔や首筋をゴシゴシと拭き、そのままひろげて顔の上に乗せて、

「あ〜、気持ちいい」

と、不必要な大声で唸るように言った。洋太郎にとってはその傍若無人な振る舞いのひとつひとつがいちいち腹立たしい。大体あんなことをしておいて、よくもまあそんな暢気《のんき》な態度でいられるものだ。

昭嘉は天井を見上げておしぼりで顔を覆ったそのままの態勢で切り出した。

「どうした？　そんな怖い顔して」

「別に」

洋太郎はそこでようやく重い口を開いた。

「どこにいたんですか、いままで」

「一年くらい前かなぁ、こっちに戻ってきたのは。それまではまぁ。あちこちな」

そんなやり取りをしてはみたものの、昭嘉が今までどこにいようが、それはどうでもいいことだった。勢いに任せてやって来たはいいが、実際に昭嘉を目の前にすると、

何を聞いたらいいのかわからずに頭が混乱していた。なぜ母や自分たちを捨てたのかということを、聞いたって仕方ないし、別に今更聞きたくもない。聞きたかったことがあったとしたらそれはひとつ。カオルと会って、何を話したのか、ということだ。

カオルは部屋を出て行くと言った。自分のことを好きだと言った。意図を摑めずにいた言葉の理由が、昭嘉との再会によるものだとしたら。頭に浮かぶ答えを必死にかき消そうとしている中、昭嘉はゆっくりと煙草を揉み消しながら、洋太郎の気持ちを見透かしているかのように切り出した。

「ヨウタ。おまえが聞きたいのはそんなことじゃないだろう。カオルのことだよな」

煙を吐き出し、いやぁ、と笑って付け加える。

「まいったよ、俺、最初全っ然気付かなくてさぁ。危うく実の娘ナンパするところだったよ。わかんないもんだなぁ、女って。おっそろしいよなぁ」

洋太郎が睨み付けると、今度はこともなげにこう言った。

「悪いが全部話しちまったよ」

「全部……？」

「おまえあれからもずっと隠してたんだな、あいつと血がつながってないってこと」

やはり。やはりこの男はカオルに話していたのだ。

「俺と光江がこう、互いに連れ子で再婚したこととか。おまえら置いて出てっちまったこととかな。全部話したよ。本当のことだしな」

勝手に出て行った男が、勝手に帰ってきて、勝手な理由で、決して侵されたくなかった場所に土足で入り込んできている。カオルをひとりぼっちにさせないため、これまで何があっても守ってきた領域だ。なんともいえない感情が洋太郎の中に渦巻いていた。

「それでカオルは……カオルは何て言ってましたか」

「何が」

「あんたの話を聞いて。あんたに対して」

「何も」

「どうして」

「どうしてって、俺は知らないさぁ。ただ黙って聞いてたよ」

少しの沈黙の後、昭嘉は独り言のように言った。

「あいつ知ってたんじゃないか」

洋太郎は不意を突かれて動揺した。

「そんなはずはない」

「……言い切れるか？」

洋太郎は何も言えなかった。

「知らなかったって言い切れるか」

洋太郎は頑なにその可能性を否定した。

しかし、かろうじて言い返した言葉に力はなかった。

「……それでも父親かよ」

「まあ、そうなんだからしょうがない話だよなぁ」

昭嘉は運ばれてきたビールを一気に胃に流し込み、それから少し寂しそうな表情で言った。

「光江、死んじゃったんだってな」

「……ええ」

「気立てのいい、本当に優しい女だったのになぁ」

あんたが出て行った後、一人で幼い兄妹を抱えてどれだけ苦労して死んだと思ってるんだ。なんでそんな他人事のように言えるんだ。そう言おうとして言葉を飲み込んだ。無駄だ。この男に何を言っても仕方がない。

「俺、カオルに言ったんだ。兄貴にも光江にも感謝しろって。血のつながりもないのに育ててくれて。こんな歳まで面倒見てもらってさ」

「別に、あんたに関係ないでしょ」

「あいつ一人暮らししたいって言ってるんだろ。俺もその方がいいと思ってな。今まで世話になりっぱなしだったんだから、もう兄ちゃんを解放してやれって、そう言ったんだ」

そして腕時計に目をやったかと思うと、

「時間だ。そろそろ戻らないと」

相変わらずマイペースに席を立った。

しかしその時洋太郎は気付いてしまっていた。

昭嘉が家を出て行ってから十数年。溜め込んできたはずの感情は、あまりにも無責任な父親に対する怒りのはずだった。会って怒りを爆発させようと思ってやって来たはずだった。しかし実際に湧きあがってきた感情はそんな単純なものではない。怒りの感情の後について出てくるのは、家族四人で幸せに暮らしていた頃の記憶。どうしても、どうしてもこの男を心の底から憎むことはできない。

「ヨウタ」

別れ際、昭嘉は妙に神妙な顔をして言った。

「カオルをいい女に育ててくれて、ありがとうな」

「…………」

「すげえなぁ。俺には逆立ちしてもできねえよ」


家に戻ると、カオルは卓袱台に突っ伏したまま眠っていた。寝顔には幼い頃の面影が色濃く現れる。額に残る傷跡を静かに見つめながら、洋太郎は昭嘉の言葉を思い出していた。

「あいつだって実は知ってたんじゃねえか？」

そうだとしたら。自分は赤の他人だと知っていながら、それでも、洋太郎を兄と思い、母を本当の母と思い家族になろうとしてきたのだったら。自分がこれまで兄であり続けたのと同様に、カオルは妹になりきって生きてきたのだろうか。そうだとしたら、自分のこれまでの苦労なんてほんのちっぽけなものだ。

洋太郎の頭の中には過去の思い出がフラッシュバックしていた。

初めて会った日、怯えた表情で部屋を覗き込んできた三歳のカオル。島に移り住んだ日、崖の上で泣きじゃくった六歳のカオル。高校に合格し、本島に出てくる船の上で手を振る十六歳のカオル。エイサーの日、喧嘩になってしまい、重なり合ったときの十八歳のカオル。

どちらにしろ、カオルはもう知っている。血のつながりのことを。知りながら、目の前で無防備に寝息をたてている。洋太郎はその頰に急に触れたくなって手を伸ばしかけたが、ふと光江の言葉が甦り、寸前で我に返って止めた。

「今日からあの子は、あなたの妹になるの。だから、大事にしなきゃだめよ」

「あの子はひとりぼっちなの。あなたが守ってあげるのよ」

たまらなく愛おしい。その想いを、これ以上抑えることができないと思った。

19

カオルが出て行ったのはその数週間後、高校の卒業式の日のことだ。

洋太郎は自分が昭嘉に会ったことをカオルには言わなかったし、カオルも昭嘉のことには決して触れなかった。

二人は、今までどおり〝兄と妹〟として、何事もなかったかのように別れの日までを過ごした。

その朝は快晴だった。

三年間共に暮らしてきた部屋は整理され、きれいに片付いている。家を出て行くとき、洋太郎がカオルに差し出したのは、古い小さなアルバムだった。

「これ。持ってけ」

「なんで？　だってこれ……」

「いいから。オレが持っててなくしたら困るから」

「なくしたらって……！　そんなことしたらね、死刑だよ！　わかった。預かっとく」

差し出したものの、洋太郎の手はアルバムを離そうとしない。

「預かっとくよ」

そこにはたった二人の兄妹の、小さな歴史が綴られている。

最初の一枚だけは剝がされたままだが、それは洋太郎が持っているのだろう。

宜野湾の店「ヘヴンズ・ドア」でタコライスを頰張るカオルと洋太郎。母の目線で撮られている。

島の家をバックに写る洋太郎とカオルとおばぁ。

カオルの小学校入学式。小さなカオルと、その横に胸を張って立つ洋太郎。

海で遊ぶ小学生の洋太郎とカオル。

島の子供相撲大会。優勝トロフィを持つカオルと、その横でなぜか誇らしげな洋太郎。

島の夏。中学生の洋太郎。洋太郎の通学自転車の後ろに座るカオル。

洋太郎、十五歳の門出。島の港。学生服の洋太郎。その横にカオル。

洋太郎と高校一年生のカオル。正門の前で緊張気味の表情。

「兄ィニィ！」

「あぁ」

洋太郎は目を閉じてアルバムを額につけ、カオルへと渡した。

黒い煙を吐きながら、オンボロ車はカオルの高校へと走る。

三年前、入学式の日に同じ道を通ったときには、これから始まる二人での生活に胸躍らせ、喜びに満ち溢れていた。しかし今、二人での時間は終わりを告げようとしている。カオルにとっては高校時代であったと共に、兄と二人きりで過ごした三年間でもあった。既に見慣れてしまった景色を眺めながら、二人は話す言葉を見つけられずに、道中ただ黙っていた。

「兄ィニィ。もういいよここで」

高校の近くで停車し、二人は車を降りた。

「ありがとう。送ってくれて」

「悪いな、卒業式出られなくて」

「わかってるよ。泣き出すと困るから、出ないんでしょ」

カオルはいつものように冗談めかして笑うが、洋太郎は笑顔を見せない。

「……元気でいろよ」

「兄ィニィ、別に一生の別れじゃないんだから。ほら、会いたくなったらいつでも会えるんだし」

「そうだな」

洋太郎は少しだけ笑ってそう言ったが、しかしこれから先、二度とカオルとは会うまいと心に決めていた。これ以上一緒にいたらきっと歯止めがきかなくなる。そうなってしまうことが恐かった。

カオルはポケットに手を入れて渡そうかどうか少しだけ迷った後、ピアスをひとつ取り出した。

「これ。荷物片付けてたら出てきた。あの部屋に引っ越したばっかりのときに見つけたんだ」

洋太郎は黙って、記憶の残骸のような片方だけのピアスを眺めている。

「恵子さんのだよね。私、なんで渡さなかったんだろう」

努めて明るく言ったカオルは、ほんの一瞬だけ表情を歪めた。

「きっと嫉妬してたんだね。恵子さんに」

洋太郎は何も返事することができない。もう必要のないものだったが、恵子のピアスを受け取り、無造作にポケットにしまった。

「兄ィニィ」

「ん」

「私。兄ィニィのこと大好き」

「は？」

「アイシテルヨ」

「……バカか。おまえは」

胸がいっぱいになってしまったが、カオルには悟られたくない。

「早く行け」

「……わかった。もう行く」

カオルは洋太郎に顔を向けたまま少しずつ遠ざかっていく。

「兄ィニィ、無理しちゃだめだよ。ちゃんとご飯も食べて働き過ぎないようにね」

「わかってるよ」

「じゃあね。元気でね」

今度は完全に背を向け、手を振りながら校門に向かって歩いていった。

二人の距離が遠ざかっていく。カオル。カオル。カオル。

洋太郎は想いを振り切るように車に乗り込んでエンジンをかけ、ハンドルに突っ伏したまま、叫びのような溜息を短く大きく吐き出した。

「兄ィニィ！」

ふと顔を上げると、カオルが立ち止まり振り返っている。

「長い間、お世話になりました」

そう言って深々とお辞儀をし、精一杯の笑顔で手を振っている。

洋太郎も手を振り返したが、もう既にグシャグシャにぼやけてしまっているカオルの姿をとらえきれていない。洋太郎もカオルも鼻をつまみ、涙をこらえながら互いに背を向け、声にならない別れを告げた。

「バイバイ」

20

二〇〇五年十二月。

二人の兄妹が離れ離れに暮らすようになってから一年と九カ月が過ぎ、那覇の街にもクリスマスが近付いていた。イルミネーションとクリスマスソングが溢れ、恋人や家族が行き交う中、洋太郎は軽トラックを改造した移動式のタコライスショップの中で、ホットコーヒーを飲みながら一通の手紙を手にしていた。何度も何度も読み返されたのだろう、破れた箇所にはテープが貼られて随分クシャクシャになっている。

高校の卒業式以来、二人は一度も会うこともなく、連絡を取ることさえしなかった。洋太郎がカオルとは二度と会うまいと決めていたのと同じように、カオルもそう決めていたのだ。しかしその真意を洋太郎はわからずにいた。

最後に別れたあの日、カオルは「アイシテルヨ」と言った。あれはどういう意味だったのか。兄として？　あるいは男としてなのか。そうして、こうやって会わない日々は何を物語っているのか。何度も繰り返しそんなことを考えた。

カオルのいない暮らしは想像していたよりもずっと寂しいもので、十六歳の頃から一人暮らしをしてきたはずなのに、初めてひとりぼっちになったような気分に襲われていた。

それはカオルにとっても同じだった。

カオルにとっては初めての一人暮らし。今まではいつも側に〝兄ィニィ〟がいてくれた。幼い頃、父がいなくなったときも、母が亡くなったときも。本島の定時制高校に入学して島を離れてしまったときも、ことある毎に電話をかけてきてくれた。一人で寂しくなって自分からかけたことだって何度もある。その度に電話口でおかしなことを言っては笑わせてくれた。いつだって〝兄ィニィ〟はカオルの側にいた。離れていても、側にいてくれた。

けれど、今では車で二十分もあれば行ける距離に住んでいながらも、〝兄ィニィ〟は急に手の届かない存在になってしまった。

だからといって二人とも寂しく暗い表情で過ごしていたわけではない。洋太郎は以前と変わらず、冗談を言い、明るく懸命に仕事をしていた。借金を完済後、この年の秋からは少ない軍資金ではあったが、移動式のタコライスショップを始めていた。理想の形とは違えど、やっとの思いで小さな夢を叶えてたのだ。

早朝から市場に顔を出しては自ら仕入れをし、そこからある程度の仕込みをして街へと繰り出す。ランチタイムにはオフィス街、夕方から夜にかけては繁華街で常連客もつき、ちょっとした人気者にさえなっていた。周囲の人間を明るくさせる力は健在で、こういった商売に向いている。

カオルは大学二年生になり二十歳を迎え、たくさんの友人に囲まれて暮らしていた。すっかり大人びてその美しさにも磨きがかかり、交際を申し込んでくる者も後を絶たなかった。

しかし、ほとんどの友人が恋愛を優先させる中、カオルだけは英文学にのめりこんでいた。熱心に講義に取り組み、翻訳家の夢も芽生え始めていた。

友人たちは、カオルに特定の恋人がいないことを不思議に思っていた。飲み会の席ではカオルの浮いた話を聞きだそうと躍起になり、またカオルを酔わせようと勝負を挑んだ者はことごとく返り討ちにあった。

アルバイト先のファーストフード店では相変わらず器物損壊の常習犯で、度々店長から呼び出されては説教をくらっていたものの、その仕事ぶりと明るい性格でスタッフには好かれ、信頼されていた。

ある日、カオルが郵便受けから数通の手紙を取り出すと、ダイレクトメールに混じって『島だより』の広報誌が届いていた。そこには島の成人式の記事、日程が掲載されていた。

カオルは家に入ると着替えもせずにそのまま机についた。引き出しの中に入った箱を取り出す。そこには書きさしの便箋が多数ある。

『兄ィニィ元気ですか？　私は元気です。

今日から大学に通い始めました』

『兄ィニィ元気ですか？

暑い夏ですね。夏バテしてませんか』

『兄ィニィ元気ですか。

お正月、久しぶりに島へ帰ってきました。兄ィニィにみんな会いたがってたよ』

『兄ィニィ元気ですか？』

これまでに書きかけたものの、出せなかった手紙の数々だった。

『島だより』の成人式の知らせを傍らに、カオルはペンを取って手紙を書き始めた。

『兄ィニィ。元気ですか。私は、元気で大学に通っています』

洋太郎は郵便受けの中にあったその封筒に気付いたとき、あまりの驚きに一瞬声を上げてしまった。書かれている文字を見れば誰からの手紙かは瞬時にしてわかる。慌てて封筒を摑み、靴も脱がないまま家に駆け込んで電気を点け、丁寧に開封した。

もうその時点で昂ぶり過ぎて冷静ではなくなっていたので、気持ちを落ち着かせるために水を一杯飲み、それから便箋上に綴られている端正な文字を追った。

『兄ィニィ。元気ですか。私は、元気で大学に通っています。
長い間、手紙も書かないでゴメンね。
あれからもう一年半。本当にあっという間でした。
今更こんなこと言うのは、変だけど。
わがまま許してくれて、ありがとうございます。
今日、〝島だより〟がうちに来ました。
来年は島で成人式。私も二十歳になりました。
兄ィニィ。

私、家を出る日も、そのずっと前からも、どうしても言い出せなかったことがあります。

兄ィニィは知っていたんですよね。私が、あの人と会っていたこと。

今だから正直に言います。

あの人がお父さんだと知ったとき、私、やっぱり心のどこかで嬉しかった。

お母さんや兄ィニィ、私を捨てたどうしようもない人だけど。

そして、兄ィニィや、周りの人みんなが、長い間触れずにいてくれた秘密を、平気で口にするようなヒドイ人だけど。

なぜだか、心からは憎めなかったのです。

でもね。私はあの人のことを家族だとは、どうしても思えないの。

私の家族は兄ィニィ、お母さん、おばあ、キイチおじちゃんとリョーコおばちゃんだけ。

兄ィニィと別れて、私は本当に今までずっと兄ィニィに守ってもらっていたんだってことに、改めて気付きました。

あの日。別れるとき。〝会おうと思えば、いつでも会えるから〟って私が言ったら、兄ィニィ〝そうだな〟って答えたけど。

私にはわかったよ。もう二度と私とは会わないつもりだってこと。

でもね兄ィニィ。今でも兄ィニィは私にとって一番大切な人。

そのことだけは絶対に忘れないでね。


今年のお正月は、どうするんですか？

私は、成人式には島に帰って、おばぁやキイチおじちゃんやリョーコおばちゃん、お世話になった島の人たちに、今まで育ててもらったお礼を言いたいと思っています。

その時、兄ィニィにも会えたらいいな。

会ってもう一度話ができたらいいな。


長々と変なことばっかり書いてゴメンね。

でも、これがカオルの本当の気持ち。そして感謝の気持ち。

恥ずかしいから、読み返さないでポストに入れます。


元気で仕事がんばってね。

兄イニィの夢が叶うことを、心から祈っています。カオル』

洋太郎は何百回と読み返したこの手紙を今、自分の店の中で読んでいる。寒い季節に外で飲むホットコーヒーのように、それは内側を温かく濡らし、満たしてくれる。この手紙が届いたのは洋太郎が店を始める前夜のことだった。

大切そうに折りたたんで懐のポケットにしまい、洋太郎は空を見上げた。雲の流れが速い。車内のAMラジオからは季節はずれの台風情報が流れていた。

車の脇では、黒人のサンタクロースが子供連れの親子にプレゼントのキャンディを配っている。

小さな男の子は、その中からピンク色の包み紙のものを選んだ。

翌日、十二月の台風が猛威を奮い、沖縄全土に停滞した。

21

『大型で非常に強い台風28号は次第にその勢力を増し、一時間におよそ15㎞の速さで北北東へ進んでいます。中心の気圧は912ヘクトパスカル、中心付近の最大風速は48メートルで、今夜には島内全域が暴風雨域に入る恐れがあり、厳重な警戒が必要となります。このことについて沖縄気象台は――』

午後からの授業が休講となり、カオルは傘もさせない状態の中でびしょ濡れになりながらも、なんとか家まで辿り着いた。テレビでは繰り返し台風関連のニュースが流されている。

猛烈な風雨が窓を叩いており、カオルは雨戸を閉めようとするが、風が強すぎて窓さえ開けられない状態だ。

突然、アナウンサーの声が途絶える。テレビの電源が切れていて、扇風機の羽根がゆっくりと回転を止めた。何度かスイッチを押してみても、ブレーカーを上げてみても、変化はない。

停電である。

台風は分刻みで烈《はげ》しさを増している。怒号のような悲鳴のような風の音に耳を塞ぎながら、次第に暗くなっていく外の景色を眺め、カオルは次第に恐怖に駆られていった。

六部屋あるアパートの住人は全員留守のようだ。それぞれ会社や学校で風雨を凌《しの》いでいるのだろう。誰に頼ることもできずに、部屋の隅で毛布を被って膝を抱え込んだ。

突然アパート全体が爆発のような衝撃に見舞われた。窓の外で何かが倒れる乾いた音が響き渡り、木の枝が窓ガラスを打ち破って倒れ込んできた。

窓が破壊された。部屋の中に容赦なく雨が吹き込んでくる。ガラスは粉々になって飛び散り、カラカラと音を立てて散乱していく。

カオルは急いでスニーカーを履いて、家に侵入してきた木を必死に押し返そうと試みた。が、簡単に弾き返され、ガラスの破片で膝を切ってしまった。必死で立ち上がり、毛布を抱えて浸水してくる雨に向かっていこうとした。

その時。

窓を突き破っていた木がゆっくりと立ち上がり、引き抜かれて弧を描くようにして外に倒れた。何事かと思って外を見ても誰もいない。すると玄関のドアを叩く音が部屋に響き渡った。

「カオル!!」

「……兄ィニィ!?」

驚きながらドアを開けると、そこには全身ずぶ濡れになった洋太郎が立っていた。全身から湯気が立ち込め、鬼気迫った表情をしている。

「兄ィニィ……なんで」

「カオル……大丈夫か」

「兄ィニィ。……どうして」

洋太郎はそれには答えずに、部屋の中の状況を瞬時に確認し、土足で上がりこんできた。

「おい、なんか板持ってこい！　なかったらなんでもいいから！　そこの襖《ふすま》！　襖はずせ！」

「え」

「何してんだ早く！　このままじゃ部屋ん中グシャグシャになるぞ！　それから大事なもの、濡れないようにちゃんと奥に入れとけ！　ガラス飛び散ってるから切らないように注意しろ！」

洋太郎は吹き込む風雨にさらされながら、窓を修理している。その姿はどこか尋常ではない。

大事なものと言われ、カオルは洋太郎から預かったアルバムを手にして布団の奥にしまい込んだ。

そしてもう既に切ってしまった膝をなぜか隠そうとしたその時、一瞬懐かしい記憶に包まれ、そうだ、と思い出した。

あの時に似ている。

母が亡くなり、兄妹二人で島に渡った日の夜の出来事。激しい風雨、真っ暗闇の中、〝死〟というものがわからずに恐くなり、わけもわからずにさまよって出た断崖の先端。あの時の絶望。ギリギリの淵に射し込んできた光は、洋太郎の叫び声だった。名前を呼んで、強く抱き締めてくれた。助け出してくれたあの時、どうして兄には、自分がそこにいるのがわかったのだろうと思っていた。洋太郎には断崖に辿り着くまでの記憶がないという。ただ、カオルが泣いている気がしたんだ、と。無我夢中だったんだろう、と。でもあの日確かに、洋太郎はカオルにとって、それまで以上にかけがえのない人となった。ヒーローのようだった。

外は荒れ狂っている。そこからは急に目の前の光景に現実感がなくなり、カオルはフィルター越しに無声映画でも観ているかのような感覚に包まれた。窮地に現れた兄の背中をぼんやりと眺めながら、カオルはただ立ち尽くすことしかできなかった。

クリスマス用のろうそくに灯《あか》りがともる。日は完全に暮れ、外は真っ暗だ。相変わらず外は暴風雨が吹き荒れている。が、窓ガラスの応急処置は終わり、なんとか凌げるところまで復旧することができた。

「ありがとう兄ィニィ。……兄ィニィが来てくれなかったら、大変なことになってた」

カオルはタオルとTシャツ、スウェットを洋太郎に手渡そうとした。

「ほら、泥だらけだよ。シャワー浴びたほうがいいよ。これに着替えて」

しかし洋太郎の顔は蒼白で、ブルブルと震えている。

「どうしたの。顔、真っ青だよ……大丈夫?」

洋太郎は無理矢理に笑顔を作って答えようとしたが、激しく咳き込んでしまう。カオルが駆け寄り額に手を当てると、信じられないほどに熱を帯びていた。

「すごい熱……兄ィニィ、具合悪かったんじゃないの?　すぐお医者さんに行ったほうがいいよ。どこか、近く……救急車。救急車呼ぶ?」

「大丈夫さぁ。少し休んでれば熱なんかすぐに下がるから」

「そんなこと言ったって」

「こんな雨の中、病院なんて行かなくたっていいさぁ。オレ、病気なんかしたことないし。平気だって。心配するな」

平気だと言いながらぐったりとしたままの洋太郎から体温計を抜き取ると、四十度を指している。

「うそ…………どうしよう」

洋太郎は急にボソリと喋りだした。

「カオル、ごめんな」

「えっ、何？」

「あの時…………クリスマスの夜」

「何言ってるの兄ィニィ」

「オレがカオルのことちゃんと見てたら、おまえに怪我させなくて済んだのにな」

「ちょっと待ってよ兄ィニィどうしたの」

「おまえの泣き声が聞こえたような気がしたんだ」

「泣き声？」

「なんかカオルが泣いてるような気がして」

同じだ。断崖で助けてくれたあの時と。

「急にそんなこと思い出して…………それで」

そこでもう一度洋太郎は激しく咳き込んでしまった。

「やっぱりダメだよ。救急車呼ぶよ！」

兄の状態がただならぬ気がして、すぐに救急車を呼ぼうとした。

ところが、洋太郎は、

「そんな大げさなことをしなくていい」

と、頑なに拒み、

「おとなしくしてればすぐ下がる」

と言ってきかなかった。

しかしふと、カオルは気付いた。

一番身近に医者がいたことに。

カオルは、恵子の携帯に電話をかけた。番号が変わってないことを祈りながら。

恵子の電話は、留守電になっていたが、そのままメッセージを残す。

「カオルです。突然ごめんなさい。兄ィニィの具合がちょっと悪くて電話しました。またかけます」

「どこにかけたのさ」

「うん。……まあ」

「カオル。水もう一杯くれるか」

「うん。わかった」

顔からは完全に血の気が失《う》せ、歯が音を立てて震えている。カオルは洋太郎を後ろから抱きかかえるようにして座り、温かいレモネードを飲ませた。

「カオル」

「何」

「オレ……かっこ悪いなぁ」

「え」

「カオルを助けに来たはずなのに……。何やってんだろうなぁ」

「兄ィニィ……」

「オレ、ほんとに…………………かっこ悪いなぁ」

そっと洋太郎の手を握り、カオルは想いを告げた。

「兄ィニィ。……私、ずっと兄ィニィに会いたかった」

洋太郎は握られた手を見つめている。

「兄ィニィと離れてから、毎日会いたくて仕方なかった」

ふん、と笑い、洋太郎は顔を横に向けてカオルを見た。

「何言ってんだ……、自分で出て行ったくせに」

「そうだね……。そうだよね」

洋太郎を抱きかかえる腕と握った手に力を込め、カオルは洋太郎の肩に額を乗せる。

「兄ィニィ私さ」

「んー」

「本当は知ってたよ。兄ィニィが本当の兄ちゃんじゃないってこと」

「……え」

「初めて会った日のこと。今でも覚えてる」

洋太郎は大きく息を吸い込み、目を閉じた。

「だけど、本当のこと言ったら。兄ィニィが目の前からいなくなっちゃうような気がして。ひとりぼっちになるのが怖くて……それでずっと私……知らないふりしてた」

洋太郎は必死で起き上がり、カオルと向き合おうとしている。

「ごめんね。兄ィニィ。ごめんね」

「……カオル」

生まれて初めて、二人は恋人同士のように寄り添った。

カオルが何か言いかけたそのとき、カオルの携帯電話が鳴った。

「カオルちゃん？　恵子です。どうしたの」

懐かしい声だった。

カオルが病状を説明すると、恵子はすぐに大学病院へ連れてくるようにと言い、応急処置を指示した。それはもう完全に医者の声だった。

22

兄妹が琉球大学病院に到着すると、すでに医師と看護師が待機しており、その中には白衣姿の恵子の姿もあった。

「恵子さん！」

「カオルちゃん！」

「助けて。兄ィニィが」

「ヨウタくん。わかる？　私、恵子。もう大丈夫。心配しないで」

洋太郎は瞼《まぶた》を開け、力なく笑った。

「ケイちゃん……こんなところで……。会っちゃった」

洋太郎を乗せたストレッチャーは慌しく病院の中へと吸い込まれていった。

「心筋炎、ですか」

肺のレントゲン写真を見ながら、担当医の岡本はカオルに病状を告げた。

「はい、おそらく風邪をこじらせて免疫力が下がっているところにウイルスが入り込んだんだと思いますが。もともと古い影もあるようですね」

「え？」

「これです、わかりますか。……お兄さん、随分無理なさってたんじゃないですか」

「これって……」

「抗生物質で良くなると思いますので、とにかく今は安静にして様子を見ましょう」

「……はい。ありがとうございます」

付き添った恵子は真剣な眼差しで写真を見つめながら、じっと黙り込んでいた。


二人は救急治療室を出て、点滴を受けて眠っている洋太郎の様子を覗き、談話室へと向かった。嵐は少しずつ静かになり始めている。

「当直で帰ろうと思ってたんだけど、この雨でしょう」

恵子は自動販売機でコーヒーを二つ買い、ソファに座るカオルに渡しながら尋ねた。

「……驚いた。まさかヨウタくんが。……どうしてこんなになるまで放っておいたの？」

床の格子模様をじっと眺めていたカオルは、コーヒーに手も付けずに小さく震えている。

「恵子さん。私、今兄ィニィと別々に暮らしてるんです。私が大学に入ってから、ずっと。……今日、本当に久しぶりに会って」

「……そう」

恵子は少し驚いた表情を見せた。

血のつながりのことは知る由もなかったが、洋太郎とカオルとの間にある、兄妹愛以上の何かにいち早く気付いていたのは彼女だった。

なぜ兄妹が別々に暮らしているのかはわからない。ただ、レントゲン写真を見てわかったのは、洋太郎があれからもずっと無理をし続けてきたのだろう、ということだった。コーヒーを一口すすり、窓の外、降りしきる雨を眺めている。

「ヨウタくんと最後に会ったときにね、変なこと言ってたのよ」

「え」

「ケイちゃんに会うには、無理してでも病気になるしかないなぁって。……まさかそんな冗談――、ほんとになるなんて」

その時、ナースステーションがにわかにざわついた。看護師が数人駆け出してくる。

「稲嶺先生！　四〇五号室の新垣さん――」

看護師はカオルに気付いたが、構わず続けた。

「新垣さん、容態が急変しました！　今、岡本先生にも連絡したところです！　来ていただけますか！」

病室に駆けつけると看護師が慌しく出入りしている。様々な器具や投与剤が積まれた救急カートが運び込まれていた。恵子は極めて冷静に努めようとしたが、洋太郎の様子を見て、一気に表情を崩した。

「どうしました⁉」

「あぁ稲嶺先生！　急にサチュレーションが下がって、あっという間にブラディになりました。血圧も測定できません」

洋太郎には酸素投与心電図が取り付けられている。

「ヨウタくん！　ヨウタくん！」

呼びかけるが、洋太郎からの反応はない。

「恵子さん、兄ィニィは」

そこへ担当医の岡本が駆け込んできた。

「稲嶺先生、状況は」

「呼吸不全を起こしています。敗血症の可能性もあります」

モニターを確認すると、脈拍数が70、50、30とあっという間に下がっていく。

「ノルアド用意して。稲嶺先生、挿管の準備！」

「兄ィニィ……」

看護師からは血圧を上げるための薬品が投与され、恵子はその間にマスク換気を交代し、手際よく管内挿管を行った。岡本はモニターを見ながら胸に聴診器を当て、洋太郎の体内に酸素が行き渡っているかを確認している。しかし岡本や恵子、周りの看護師の表情はみるみる険しくなっていくばかりだ。

カオルには何が起こっているのか、全く理解できなかった。目の前で繰り広げられる光景がとても現実だとは思えなかった。ただぼんやりと幻を見ているかのような感覚に包まれている。

目の前に横たわる兄ィニィは兄ィニィのはずがない。

そもそも嵐の中駆けつけてくれた兄ィニィは本当に兄ィニィだったの。

きっと夢でも見ているんだ。

なんで。

久しぶりに会えて本当に嬉しかったのに。

もしかしてカオルにわかれを告げに来たの。

兄ィニィいやだ、どこにも行かないでって言ったじゃない。

兄ィニィだいすきだよ。

死んじゃいけないんだよ、死なないで兄ィニィ。

洋太郎が一瞬目を開けて微笑みかけてきた気がした。そして体が透けて光ったようにも見えた。

黄金の美しい光の粒が洋太郎を包み込み、螺旋を描いて病室の窓外へ吸い込まれていく。天へ、還《かえ》っていくように。

「兄ィニィ!!」

新垣洋太郎はそのまま昏睡状態を抜け出すことなく、二日後に息を引き取った。

先日の嵐が信じられないほどに鮮やかな朝陽の光に包まれながら。

23

洋太郎の遺骨は思ったより軽かった。

島の船着場には報せを受けた島民が駆けつけ、皆一様に信じられないという顔で愕《がく》然《ぜん》とし、骨だけになってしまった洋太郎を抱いて泣き崩れた。

その日から、島での洋太郎の供養が始まった。これが二〇〇五年末の新垣家の行事だった。

墓へと続く島民や親戚たちの黒い列。先頭ではカオルが洋太郎の遺影を抱き、後には祖母のミト、輝一、涼子夫妻が続く。中には勇一、マスター、美登里らの姿もあった。

亀甲墓の前では三日三晩酒盛りが行われ、各人が洋太郎との思い出話を語り、明るく笑って送り出した。

三日目の夕暮れ。

カオルは黒いワンピース姿で島の最北端にある岬の上に立ち、海の先を眺めていた。例の断崖だ。洋太郎が助け出してくれた場所。

あの日以来、カオルはことある毎にこの岬に足を運んでいた。悲しいことや辛いことがあったとき。嬉しいことがあったとき。空と海と大地に囲まれ、抱き締めてくれた兄の温もりを思い出す。

自然は、ただ優しいだけではない。温かく、同時にとても厳しい。

それはただそこにあって、全てを受け容れ、包み込むだけだ。

褒めも咎めもしない。どんな現実も、どんな生命の生き死にも、あるがままに包み込むだけだ。

だから、あるがままでいられる。カオルはこの地に生まれて良かったと、心からそう思っていた。

記憶に甦るのは兄と暮らした日々のこと。思い出すのは笑顔ばかりだ。

ここで助け出してくれたあの日と同じように、洋太郎は台風の中、カオルの名を叫び、突如目の前に現れた。もしかしたら。あの夜アパートに駆けつけてくれた時点で、兄の体は既に生命の限界を超えていたのかもしれない。既に自分の最期を予感し、一目会うために来てくれたのかもしれない。

そう考えなければ納得がいかないほど、あっけなく洋太郎は逝《い》ってしまった。

「やっぱりここにいたんだね」

不意に背後から声がして振り返ると、そこにはミトが立っていた。

「ねえおばぁ。兄ィニィはどこに行っちゃったんだろうね」

西の水平線にかかる薄い雲の層に隠れるようにして、太陽が沈んでゆく。

「まだ信じられないよ。兄ィニィがいなくなるなんて。…………どんなに考えても信じられないよ」

ミトはただ黙ってカオルの横に立ち、同じように海の先を眺めている。

「私、これからどうしたらいいかわからない……どうしたらいいの」

カオルの尻をポン、とひとつ叩き、ミトは笑って話してくれた。

「なんくるないさぁカオル。心配すんなぁ」

「ばあちゃん」

「おばぁがカオルぐらいの頃、一番好きだった人が戦争に行って死んでしまった。悔しくて悲しくて。泣いても泣いても涙が出たよ。それでもおばぁは結婚して子供も生まれて。それからあんたら孫もできて。こんなにたくさん生きてしまった。……人にはな。長い命。短い命。いろんな命があるんだよ」

「長い命と短い命」

「ヨウタは死んでしまった。だけど、二十五年があの子の寿命。仕方ないさぁ。今頃あっちで笑ってるさぁ」

ミトの話に耳を傾けながらカオルは鼻をつまみ、溢れる涙を堪えていた。

「カオル。我慢しないで、泣いたっていいんだよ。悲しいときはな、たくさんたくさん泣けばいいのさぁ」

ミトはそう言ってカオルの指をそっと外し、背伸びをして頭を撫でた。

「ばあちゃん……」

その大きな両目から涙がこぼれ落ちる。

「だけどカオル。兄ィニィはな、いなくなっても、ちゃんといるよ」

そう言うと今度は、昔カオルと洋太郎にしてくれたのと同じ話をし始めた。

「この島の遠い遠い南の果てに楽園みたいに美しい幻の島があってさぁ。おばぁの好きだった人も。おじぃも。お母さんも。兄ィニィも。みんなみんなそこにいる。そこで楽しく暮らしてるんだよ」
カオルは小さく頷いた。
夕暮れに染まった海の彼方。
水平線にはポツンと一番星が輝いていた。

24

年が明け、カオルは一旦本島に戻った。
大学は冬期休暇に入っていたので成人式まで島にいても構わなかったのだが、自分の家は台風のときのままでボロボロだったし、洋太郎の部屋の整理もしておきたかった。

大家には連絡をとって事情を説明していたので、窓の修繕はされていたが、部屋の中には洋太郎が台風と格闘した形跡が残されたままだった。確かに兄はそこにいて、自分を助けてくれた。今でも電話をかければすぐにでも声を聞けそうな、会えそうな錯覚に見舞われる。自分の家なのに、まだ妙に現実感がない。

洋太郎の家に行って驚いたのはビル一階の駐車場に停まっていた車。移動式の『なんくる』だ。
カオルは全く知らなかった。兄は既に小さな夢を叶えていたのだ。

洋太郎の作るタコライスの味を思い出した。

『なんくる』の文字にそっと触れながら、カオルは「よかったね、おめでとう」と祝いの言葉を捧げた。


それから部屋の整理をするために、懐かしい階段を上がり、狭い部屋に入る。

まだ兄の温もりに溢れている。

カオルがいたときはとても綺麗に片付いていたのに、今はまだ洋太郎が暮らしているかのように雑然としている。独特の匂い。

カオルは部屋をゆっくりと見回して、呟いた。

「兄ィニイ」

「どうした？　カオル」

洋太郎が陽気に答える気がする。

整理したはずの気持ちが再び揺れて涙腺がゆらゆらと揺らめく。

ひとしきり、もういない兄と会話をして、カオルはゆっくりと部屋を片付けはじめた。

部屋が少しずつ片付くたびに、兄の面影が消えていくようだった。

だから整理する作業はほとんど進んでいかない。

棚の隅には古い電車の模型が置かれていた。

この模型のこともカオルの記憶の端に残っていた。病院で額を四針縫って、昭嘉に手を引かれ、洋太郎と対面したあの時。兄となる洋太郎の手の中に大事そうに抱えられていたのを覚えている気がする。

やがて、引き出しの中から一枚の写真を見つけた。

それは、やはり同じく洋太郎と出会った日の記憶と重なった。頭に包帯を巻き、不機嫌そうにぶすくれているカオルと、赤い電車の模型を抱え、少し微笑んだ洋太郎の写真だ。裏には剝がされた跡がある。


カオルは自分の部屋に戻ってから、台風の日に布団の奥に押し込んだアルバムを引っ張り出した。

一番最初のページの一枚目。剝がされた跡に洋太郎の部屋から持ってきた写真を当てはめる。

一九八八年、十二月二十四日。

私たちは――この日に出会って、兄妹になったんだ。

アルバムのページをめくろうとしたその時、玄関のチャイムが鳴った。

「新垣さん、お届け物です」

宅配業者が抱えた大きく平たい箱には、「新垣カオル様」と宛名が記されている。送り主は「比嘉呉服店」。とりあえずサインをして受け取りはしたものの、覚えのない荷物に戸惑いながら、そっと中を開けてみた。鮮やかな和紙に包まれたそれは、どうやら着物のようだ。

胸が高鳴った。

和紙を上から結ぶ紐の間には無地の封筒が挟まっている。封を開け、カオルは息を呑んだ。そこには見慣れた下手くそな字が綴られていた。

『新垣カオル様

成人おめでとう。

カオルもとうとう二十歳になったのですね。

今まで何もしてやれなかったけど、記念に着物を贈ります。

きっと似合うから。みんなに自慢して歩くように。

いや、絶対同級生の誰よりもキレイだぞ！　保証する。


手紙をもらってから、俺も色々考えました。

カオルの成人式には、久しぶりに島に帰ろうと思っています。

カオルの言うとおり、おばぁやキイチおじちゃん、リヨーコおばちゃん、島の人たちみんなに感謝しなきゃいけないな。

その時は、一緒に酒を飲もう。

それから、いろんな話もしよう。

今なら、そんなこともできるような気がする。

その日を楽しみに、俺もがんばります。

そしていつかきっと、でっかい店を出すぞ！

なんてな。


カオルに手紙出したの、きっと初めてだな。

兄より』

慌てて紐をほどき和紙を開くと、そこには紅型染めの美しい晴れ着が入っていた。
いつの間に用意してくれたのだろう。
どこでどうやって、兄はそれを思いつき、どんな顔をして注文してくれたのだろう。
美しくやわらかい着物を手に取ったその時。
カオルの目から、不意に涙がこぼれ落ちた。
「兄ィニィ。……兄ィニィ、兄ィニィ兄ィニィ！」
子供の頃に戻ったようにカオルは兄を呼び続けた。
涙はポロポロと溢れ、いつまでも止まらなかった。

25

二〇〇六年暮れ。

カオルは冬期休暇を利用して、波照間島を訪れていた。

北緯24度2分、東経１２３度47分に位置する、日本最南端の有人島だ。

陽は沈み、水平線の上には一番星が輝いている。

岬の上で小さな焚き火に当たりながら、カオルは南の水平線、その彼方にあるという幻の島に思いを馳せた。


洋太郎の死から一年。

カオルは兄を失った悲しみを表に出すことなく暮らしてきた。

しかし内なる淋しさはどこまでもつのる。

大好きな空と海と大地に包まれながら、大好きだった洋太郎に宛てた最後の手紙を取り出し、小さく揺れる炎の中に放り込んだ。

手紙は溶けるようにして消え、灰となって風に乗り舞い上がった。

きっと、届くだろう。

兄ィニィ。

元気で楽しくやってますか。

いつかおばぁから言われたみたいに、私は楽しく笑って生きていくよ。

兄ィニィやお母さん、先にそっちで待っててくれる人に、たくさん思い出話を持っていけるように。

だから、時間かかるけど、これからも見守っててね。そして、きっと待っててね。

ありがとう。

構成協力　古賀拓也

一九七二年、福岡県生まれ。イラスト他、クリエイターとして活動中。著書に『小吉―ビアンコネロ物語―』がある。

この作品は映画「涙そうそう」の脚本をもとに書き下ろしたものです。原稿枚数325枚（400字詰め）。

涙《なだ》そうそう

吉田紀子《よしだのりこ》　吉田雄生《よしだたかお》

平成18年9月10日　初版発行
平成18年9月30日　4版発行

発行者——見城徹
発行所——株式会社幻冬舎
〒151-0051東京都渋谷区千駄ヶ谷4-9-7
電話　03(5411)6222(営業)
　　　03(5411)6211(編集)
　　振替00120-8-767643

印刷・製本—中央精版印刷株式会社
装丁者——高橋雅之

幻冬舎文庫

ISBN4-344-40842-X　C0195　よ-8-1